PARA TODAS AS PESSOAS APAIXONANTES

IANDÊ ALBUQUERQUE

PARA TODAS AS PESSOAS APAIXONANTES

Copyright © Iandê Albuquerque, 2020
Copyright © Editora Planeta do Brasil, 2020
Todos os direitos reservados.

Preparação de texto: Vanessa Almeida
Revisão: Nine Editorial e Karina Barbosa dos Santos
Diagramação: Nine Editorial
Ilustrações de miolo: Eva Uviedo
Capa: Fabio Oliveira

Dados Internacionais de Catalogação na Publicação (CIP)
Angélica Ilacqua CRB-8/7057

Albuquerque, Iandê
 Para todas as pessoas apaixonantes / Iandê Albuquerque. – São Paulo: Outro Planeta, 2020.
176 p.

ISBN: 978-85-422-1910-4

1. Crônicas brasileiras 2. Autoconhecimento 3. Amor I. Título II. Autor

20-1386 CDD B869.8

Índices para catálogo sistemático:
1. Crônicas brasileiras

Ao escolher este livro, você está apoiando o manejo responsável das florestas do mundo, e outras fontes controladas

2024
Todos os direitos desta edição reservados à
EDITORA PLANETA DO BRASIL LTDA.
Rua Bela Cintra 986, 4º andar – Consolação
São Paulo – SP CEP 01415-002.
www.planetadelivros.com.br
faleconosco@editoraplaneta.com.br

você percebe o quanto amadureceu quando a sua prioridade é: estar bem. e isso às vezes requer abrir mão de algumas pessoas. estar leve. e saber que pra isso será preciso fechar alguns ciclos.

PARA TODAS AS PESSOAS APAIXONANTES.

admiro pessoas que, mesmo com tantas marcas, ainda conseguem ser pessoas apaixonantes. mesmo com as decepções, mesmo com os términos, mesmo com todos os joguinhos que as pessoas fazem hoje em dia, mesmo quando o mundo capota.

admiro quem se entrega como se nunca tivesse quebrado a cara, como se o peito não tivesse uma marca sequer.

admiro pessoas que, mesmo com tanta bagunça que outras causaram, ainda insistem em ser boas. pessoas que respeitam sua intensidade e reconhecem que viver é se entregar, e que fugir por medo de sentir pode até poupá-las de alguns machucados, mas as poupa também da vida, de vivê-la como tem que ser vivida.

admiro quem coloca o coração ao sol, quem estende sua alma no varal numa tarde de domingo, quem brota o sorriso do rosto ainda que carregue algumas marcas, como uma rosa que desabrocha, mesmo que precise conviver com os espinhos de seu corpo.

admiro quem transforma os momentos em que foi passado pra trás em maneiras de olhar pra si mesmo com mais cuidado, com mais respeito, mais afeto e mais consciência.

admiro pessoas que mesmo tendo amado pessoas pequenas demais não tenham se transformado em pessoas assim. mesmo que tenham acreditado demais nos outros, se jogado de alturas e colecionado decepções gigantescas, não se tornaram cruéis e covardes.

admiro quem tem coragem de tentar, ainda que não tenha certeza de nada, ainda que não saiba se amanhã o outro vai responder a sua mensagem, se vai continuar querendo ficar, ainda que saiba que amanhã pode acabar.

mesmo assim consegue ser alguém apaixonante.

e se você entendeu que, apesar de todas as catástrofes em que o seu corpo se envolveu, o amor não tem culpa, você aprendeu a senti-lo, a viver e a arcar com as consequências de se entregar. se você percebeu que sangrar não é perder e que as marcas que você carrega não significam que você caiu muitas vezes, mas, sim, que você continuou apesar de tudo, você é uma pessoa apaixonante.

e eu admiro você.

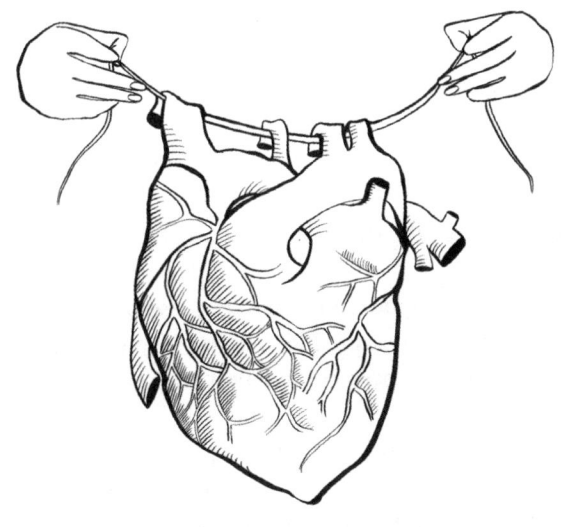

A GENTE SABE QUANDO NÃO É MAIS AMOR, QUANDO É OUTRA COISA.

a gente sabe que não pode ser tão bom quanto a gente imagina que é se começa a apertar o peito e, mesmo assim, a gente tem medo de partir. porque a gente se sente inseguro, acha que o pouco afeto já está de bom tamanho.

não tá! e a gente sabe disso.

a gente só não consegue dar o primeiro passo porque aquilo parece que fez a gente desaprender a andar só. a gente tem medo de errar sozinho sem perceber que permanecer já é um erro.

você sabe quando não é mais amor, quando é outra coisa.

quando você se questiona sobre o dia em que vai ter coragem pra parar de implorar que te caibam em vez de se caber, pra perceber que o tempo que a gente tem é precioso demais, e que o nosso amor importa.

quando você se enxerga trancando as coisas dentro de você pra tentar transformar um sentimento que perdeu o sentido em algo que não doa. mas dói, sempre dói. porque o outro devastou tudo com a falta de atenção, com a indelicadeza de não te notar, com a ignorância de achar que nunca poderia te perder.

a gente sabe quando não é mais amor, quando é outra coisa.

quando a gente começa a pensar na possibilidade de empurrar tudo porta afora, mesmo que um pedaço da gente vá embora junto também.

a gente recupera.
recompõe.
se transforma.
e talvez aquele pedaço que se foi não sirva mesmo pra quem você vai se tornar.

a gente sabe quando não é mais amor, quando é outra coisa.

a gente sempre sabe.

COMO QUE A GENTE ESQUECE ALGUÉM?

acho que a primeira coisa é saber que não tem como esquecer. depois, é parar de querer arrumar espaço pra quem já nem deveria mais ocupar um pedaço da tua vida.

é admitir quando você ainda sentir algo.

eu, por exemplo, ainda sentia falta.
eu morria de saudade.
eu ainda olhava pros lugares
e desejava que o outro estivesse ali, comigo.
mas eu sabia que não precisava mais estar.

durante o processo, eu vivi pra mim e por mim.
viajei.
saí com os amigos.
corri atrás dos meus sonhos.
o tempo ajudou também.
mas esquecer mesmo, nada!

um dia, você vai olhar pra si mesmo e não vai mais doer, porque não vai mais fazer sentido. não vai doer, porque você já não será mais a mesma pessoa. suas prioridades e seus planos não serão mais os mesmos. e logo a tua pele irá se desfazer do toque de quem já passou por você. teu interior será tão grande que não haverá mais espaço pra quem foi pequeno contigo.

um dia, você vai entender que não tem como esquecer alguém que marcou sua vida. então o que resta é aprender a conviver com a dor do fim, é se acostumar com a partida até que pare de doer. não tem como esquecer.

a gente só segue porque é a única escolha que a vida nos dá.
esquecer mesmo, não tem como.
mas tem como superar.
e superar já é o suficiente.

O SEU AMOR VALE MAIS DO QUE O AMOR QUE VOCÊ SENTE POR ALGUÉM.

eu não consigo.
sinceramente, eu não consigo mais te manter aqui dentro,
quando eu sei que não há espaço pra mim em você.

o que existe é o teu medo de ficar sozinho e achar que ficar comigo é preencher o teu vazio. o que existe são as tuas mentiras, quando você tenta me convencer de que o melhor pra mim é você.

quando, na verdade,
você sempre soube,
eu serei melhor lá fora.

não sei em você, mas dói em mim
perceber que não há escolhas.
ou eu fico por você
ou eu vou por mim.
e me parece burrice ficar.

quando você diz que me quer, eu não consigo mais acreditar.
porque a maneira como você trata o que sinto por você não
parece ser de alguém que me ama. o modo como você não

repara em mim, o jeito como você me machuca e consegue dormir bem, mesmo sabendo que alguém que te ama foi dormir mal.

não dá pra acreditar.

e por mais que eu tente ouvir, por mais que eu tente reconsiderar todo o tempo que você passou aqui, só consigo pensar no tempo que eu perderia permitindo que você ficasse por mais um verão.

a facilidade como você fala em amor pra mim me assusta. pra você, parece simples demais ficar, porque não sou eu quem te machuca e ao mesmo tempo implora a sua presença. não sou eu quem te diminui pra se sentir melhor. não sou eu quem te faz perder o sono ou quem some quando você precisa.

é você!

e por isso é banal demais dizer que me quer, porque você tem medo de eu mesmo me querer mais do que você e te esquecer.

porque não é mais sobre o amor que eu sinto por você, que sempre me faz pensar na possibilidade de te deixar entrar de novo. agora, é sobre o amor que eu tenho que sentir por mim. que eu preciso reerguer. como muros bem altos.

pra que você não entre nunca mais.

a gente precisa parar de romantizar a insistência.

às vezes **a gente** persiste em levar alguém com **a gente**, quando, na verdade, tudo que **precisa** é seguir sozinho.

a gente acha que é errado amar e deixar ir.
mas não, não é!

é necessário deixar ir pra que você mesmo não vá de si.

eu fui com medo.
eu fui com peso.
fui sentindo saudade.
fui me **sentindo** incompleto.
mas **fui.**

e foi no meio do caminho que **eu** aprendi que, pra passar, precisava doer primeiro.
que sentir falta não é querer de volta.
e que o que me faltava não era o outro, era mais de mim.

A META É FICAR BEM.

este é o mantra: você vai ficar com você até o final. não importa por quantos momentos ruins você vai passar. não interessa quantas vezes você vai amar e ter o seu peito fodido por alguém. não importa quantas vezes você vai quebrar a cara e se decepcionar.

você retoma.
você renasce.

você compreende que a merda que alguém fez na tua vida vai se organizar, e você vai ficar bem.
pra isso você precisa ficar com você.

então, prometa pra si mesmo que você será a sua maior prioridade. prometa pra si mesmo que você vai estar com você mesmo quando alguém que você queria que estivesse escolha não estar mais. prometa que você não vai se maltratar ou mendigar a presença de alguém só pra ter a falsa impressão de que você está completo. prometa que você buscará em si mesmo a sua própria parte, que vai preencher os vazios quando sentir que algo falta, que vai se colocar em primeiro lugar.

você vai ficar com você até o final.

não importam os dias de *bad*. os momentos em que você vai se olhar no espelho e vai se culpar, ou os dias em que você vai deitar pra dormir e algo na tua mente vai castelar tentando te fazer acreditar que você não é o suficiente. mas você é. e você vai ficar com você até o final.

as noites de sono, as suas dores, a saudade que te aperta, tudo isso vai passar e você vai se transformar. é só se enxergar. porque quando a gente se enxerga, a gente começa a observar os nossos erros sem se culpar, onde colocamos expectativas demais, o que dói. porque tem muita coisa indiferente, sem importância, irrelevante. e a gente precisa colocar isso pra fora.

a meta é ficar bem.

é cuidar do teu próprio amor, regar o teu afeto, zelar por tua saúde e proteger o teu emocional. se no meio do caminho alguém tiver a fim de provar isso contigo, tudo bem.
se não, tá tudo bem também.

UM TEXTO PRA TE DIZER QUE VOCÊ É O SUFICIENTE.

tenho aprendido cada vez mais sobre o amor-próprio e a importância de se cuidar, de se ter, de respeitar o próprio processo, de se abraçar por completo, sem desconsiderar as dores, as quedas, os medos.

esses dias escrevi muito mais sobre independência emocional. tenho praticado a ideia de que a relação comigo importa mais do que qualquer outra relação. porque se você não consegue olhar pra si mesmo e enxergar que você é foda, ninguém vai enxergar você. se você não consegue sentir afeto dentro de si e amar quem você é, você não vai conseguir amar alguém de maneira leve e livre, você vai continuar procurando nos outros aquilo que precisava estar em você primeiro. e eu tento me lembrar cada vez mais disso.

acho que você já se sentiu meio perdido ou desequilibrado quando alguém saiu da sua vida, né? eu já me senti assim também.

e este não é só mais um texto clichê. é só um texto lembrete pra te dizer que você é suficiente. que você importa. que é sua obrigação cuidar de si também. a tua estabilidade emocional é importante.

eu passei por uma relação que me fez duvidar de mim mesmo. que me diminuiu. que me fez me culpar por ter sido trocado dezenas de vezes, e autossabotei minha maneira intensa e limpa de me relacionar. quando, na verdade, se o outro escolhe mentir, ou brincar com os seus sentimentos, ou te machucar, não é sobre você!
nada disso é sobre você.
no fundo a gente sabe que é sobre o outro. talvez isso seja tudo o que aquela pessoa tem pra te oferecer. e você não precisa se machucar ainda mais com isso.

você só precisa seguir.
fazer o que é seu.
cuidar do que é seu.
buscar o que é seu.

pra que quando alguém não te quiser mais, você continue se querendo. pra que quando alguém te trair, você continue sendo fiel a si mesmo. pra que quando alguém escolher não mais estar com você, você esteja com você. e quando o outro te trocar, você esteja do seu lado, segurando firme a sua mão e seguindo o seu caminho.

é isso.
isso é tudo.

perdoa pela sinceridade, mas ninguém tem a obrigação de cuidar de você. é sua responsabilidade. ninguém vai ficar pra sempre na sua vida, às vezes será só você e você mesmo. é só você quem fica no final de tudo; você e seus medos, você e seus sonhos, você e o seu amor por você.

UMA PAUSA
PARA A ANSIEDADE

SOBRE COMO É ESTAR APAIXONADO E CARREGAR COMIGO O MEDO DE ME PERDER.

OU SOBRE COMO É SENTIR O MEU PEITO CHEIO DE AMOR PRA DAR, MAS AO MESMO TEMPO ACHAR QUE O OUTRO NÃO VAI QUERER.

é olhar pra mim e enxergar que cabe muito em mim, mas, por algum motivo, achar que não estou dando tudo o que tenho, ou ter a paranoia de que o outro não vai caber em mim sem nem ao menos tentar.

é sobre olhar pra todas as marcas que carrego e ter medo de que elas possam voltar a sangrar. é sobre sentir o meu peito pronto pra amar alguém de novo, mas ouvir a minha mente dizer que preciso fugir.

fugir porque as pessoas machucam.

é sobre ter a certeza da intensidade que sou, e não saber a hora de parar, é sobre ter receio de me afogar de novo. ainda que seja por alguém. ainda que seja de amor.

é sobre querer que o outro fique, mas achar que ficar não é uma boa ideia, porque a minha cabeça insiste em dizer que eu vou me foder.

é sobre olhar pra minha pele, perceber que eu sou o meu próprio casulo, mas às vezes me achar insuficiente, me autossabotar, ou achar que ninguém pode ficar, que eu não posso abrigar mais ninguém.

eu sei que eu sozinho me completo. mas às vezes sinto falta de mim. eu sozinho me abrigo, mas às vezes eu mesmo me coloco pra fora. eu sozinho me sustento, mas às vezes eu mesmo me recuso a estender a mão pra mim. eu sozinho me transbordo, mas eu mesmo me sufoco de tanto transbordar.

a ansiedade me faz sentir assim. mais ou menos, mesmo sabendo que sou muito. tenho pressa pra sentir, mas quando sinto, penso que preciso partir.

GENTE ANSIOSA TAMBÉM AMA, O PROBLEMA É QUE ÀS VEZES SENTIR NOS SUFOCA.

a gente acha que precisa ser presente, o tempo todo, não somente porque a ausência incomoda, mas porque o silêncio nos faz mergulhar em nossas próprias paranoias.

gente ansiosa também ama. ama tanto que se afoga no próprio querer, quer tanto que acorda mais cedo e dorme mais tarde. o sono foi dormir antes da gente, só porque o outro não respondeu a última mensagem.

ser ansioso é pensar que ando sentindo demais, ou me culpar por achar que não estou sentindo tanto. é relembrar frequentemente das minhas marcas, é sentir o corpo pesado, é ter vontade de se trancar, mas perceber que a intensidade esquenta o meu peito, e eu preciso continuar. é querer ficar, mas ao mesmo tempo querer partir. não por indecisão, ou algo assim. mas por achar que a gente sempre fica só.

é olhar o outro disponível, e eu aqui, imaginando que só porque não falou comigo, deixou de me querer. é achar, o tempo todo, que eu vou perder quem eu amo. mesmo sabendo que a prioridade é não me perder.

e toda vez que tento me envolver com alguém, me sinto assim, tropeçando nos meus próprios pensamentos. e isso nada tem a ver com medo de me apaixonar, ou de ser intenso, porque sempre sou.

o receio é de perceber que o outro pode ir embora a qualquer momento e eu não quero mais uma vez passar por isso, e às vezes, pra evitar, eu que vou.

você percebe o quanto amadureceu quando a sua prioridade é:
estar bem.

e
isso às vezes requer abrir mão de algumas pessoas.

estar leve.

e
saber que pra isso será preciso fechar alguns ciclos.

ALGUMAS VERDADES QUE VOCÊ PRECISA LER:

1. já percebeu que às vezes o problema é que você insiste demais no que já nem faz mais sentido na sua vida?

2. o teu amor não se torna real se você insistir em alguém que te machuca. ele só se torna surrado.

3. amar alguém é também admitir que não existem mais motivos e razões pra estar ali.

4. eu sei que a gente se apega, a gente se acostuma e que a falta dói. mas às vezes você precisa escolher qual dor suportar: a dor de estar com alguém que não te cabe, ou a dor de partir e se caber.

5. você vai passar por momentos em que vai precisar escolher a si mesmo, por mais que você ame, por mais que queira ficar, por mais que tenha feito planos. você precisa seguir sozinho, porque estar sozinho contigo é melhor do que se sentir sozinho com alguém.

6. você não vai morrer se abrir mão. o seu amor não vai diminuir se você deixar alguém partir. a sua capacidade de ser alguém intenso não vai acabar. vai doer, sim. mas você vai continuar sendo você, só que ainda mais vivo, leve e livre de pessoas que pesam o teu peito.

SOBRE O DIA EM QUE ME TORNEI O AMOR DA MINHA PRÓPRIA VIDA.

antes de aprender a me amar...

lembro de ter me culpado. de ter jogado nas minhas costas todo o fardo dos relacionamentos que foram um fracasso. lembro de ter perdido o sono, por mergulhar em minhas próprias paranoias enquanto me convencia de que eu nunca seria suficiente pra que alguém ficasse, como se fosse uma necessidade ter alguém ao meu lado.

lembro de ter me deixado pra trás, de ter duvidado da minha capacidade de amar outra vez só porque alguém me fez, por um instante, desacreditar no amor. lembro de ter me maltratado pelas escolhas dos outros, porque eu achava que a partida e o silêncio do outro eram minha culpa.

eu realmente acreditava que se o outro escolhesse partir era por ter algo de errado comigo, com o meu corpo, com a minha maneira intensa de amar. até eu compreender que o amor e que a intensidade que carrego não são o problema.

às vezes aquilo que a gente tem
não é o suficiente pra que alguém fique.
e paciência.

eu lembro de me odiar por muito tempo.
por perceber que eu não era levado a sério, e, mesmo assim, não conseguia ter coragem de ir. porque a gente sempre sabe quando não faz mais diferença pra alguém. a gente sabe quando machuca, quando não existe mais vontade, quando não cabe mais o nosso amor.

o amor-próprio nem sempre
vem na primeira tentativa,
ou na segunda, ou na décima quarta.
mas ele vem.
a gente vai aprendendo aos poucos
a ser a nossa própria morada,
a transformar a nossa intensidade
em algo que caiba perfeitamente em nós mesmos.
um dia a gente aprende a genuinidade
de ser o amor da nossa própria vida
e saber que isso não é egoísmo ou egocentrismo,
é sobrevivência.
é respeito ao que a gente sente,
ao nosso corpo, à gente por inteiro.

a tua intuição
não é paranoia.

não duvide da tua capacidade
nem dos sinais que o teu corpo identifica como perigo.

ÀS VEZES A GENTE ACEITA COISAS QUE A GENTE ACHA QUE MERECE.

a gente aceita qualquer pessoa, porque a gente acha que não merece "a pessoa". a gente aceita alguém pela metade, por achar no fundo que a gente é metade também. a gente aceita qualquer posição em que alguém nos coloca, por achar que a gente não é digno de algo melhor.

a gente não toma coragem de abrir mão de alguém, porque a gente acha que abrir mão do outro é abrir mão da gente também.

é isso que acontece quando a gente se torna dependente do outro, quando não conseguimos mais nos olhar no espelho e enxergar a nossa individualidade. a gente começa a enxergar o outro como parte principal de nós mesmos, e então a gente passa a acreditar que sem o outro as coisas não vão funcionar.

mas funcionam, sim!
funcionam melhor que antes.

quando amar alguém, lembre-se de ser quem você é, de preservar os seus planos e sonhos, de reconhecer que, antes de o outro chegar, você já estava aqui e por isso, independentemente do outro, você precisa segurar firme a sua mão também.

porque é mais leve quando
o outro caminha ao teu lado.
nem na sua frente,
nem atrás de você.

o amor não te faz sentir menor, ou incompleto sem o outro.
o amor é reconhecer que você é inteiro, e que será incrível se
o outro se sentir inteiro também.

porque juntos vocês transbordam.

SOBRE EXPECTATIVAS.

você não precisa culpar o outro por suas expectativas.
você não precisa se culpar por ter tido expectativas demais.
não jogue pro outro a responsabilidade de te fazer feliz, isso é responsabilidade sua.

"o que eu espero de você é só o que eu espero de você." por mais que doa admitir isso. por mais voraz que seja dizer isso. o que eu espero do outro vai ser sempre o que eu espero.
o que o outro vai fazer com isso foge do meu controle, do meu alcance, e eu não preciso me culpar por isso.

assumir a responsabilidade do que a gente sente é maduro e nos protege de frustrações desnecessárias. que a gente possa aprender com tudo, com as relações, com o outro e principalmente com tudo o que sentimos.

e não estou dizendo pra você não ter expectativas. inevitavelmente, todos teremos, em algum momento. somos humanos. é natural sentir e isso prova que estamos vivos e que sentimos.

a questão é enxergar que o que a gente sente é só o que a gente sente. não é um sentimento absoluto. independe do outro. é a parte do outro. e o que o outro vai dar, fazer, falar ou sentir não está nas minhas mãos.

por mais expectativas que eu carregue.

aceitar isso é não se martirizar por sentir, por esperar, por achar que o outro vai ser da maneira que a gente espera que seja.

Porque, pasme, não vai!

e além de aceitar isso, compreender também que o outro não tem obrigação alguma de responder à altura das nossas expectativas.

o outro sente de um jeito que claramente não será o mesmo jeito que eu sinto. e tudo bem também.

por fim, a obrigação e a responsabilidade de te fazer feliz é sua. assuma essa responsabilidade em vez de esperar tanto que o outro te faça bem a ponto de esquecer de si mesmo.

não é sobre precisar de alguém.

a gente fica com alguém por gostar dessa pessoa, não por precisar.
porque **não** é uma necessidade estar **com alguém** pra se sentir feliz.
você **fica por querer** ficar. mas **precisar** mesmo, você **não precisa!**

transformar as pessoas em uma necessidade causa dependência emocional. tratar o outro como a sua felicidade é se enxergar como alguém incompleto, é estar insatisfeito consigo mesmo. romantizar isso é pior ainda.

que a gente possa enxergar o outro como complemento, não como a parte que falta na gente. que a gente possa compreender que as relações são mais leves quando não tratamos o outro como necessidade. mas sim, como alguém pra somar.

O SEU AMOR IMPORTA.

às vezes as pessoas de quem gostamos não gostam da gente.
dói, mas a gente não pode fazer nada.
não podemos obrigar o outro a querer, nem implorar pra que
o outro fique, ou nos cansar tentando demonstrar pro outro
o que sentimos.

desculpa a sinceridade,
mas às vezes o outro vai recusar o que você sente.
às vezes o seu amor será irrelevante pra alguém.

eu sei como é se sentir quando alguém que você não consegue parar de pensar não pensa em você. quando alguém que você sente saudades parece não sentir o mínimo a sua falta. quando o teu peito transborda de amor e o outro não consegue considerar isso. quando você insiste tanto em uma relação que a tua razão entra numa guerra com os seus sentimentos e você não consegue esquecer.

existe outra coisa que você precisa saber:
você não vai esquecer. nem tente.
nem force o teu peito e a tua mente,
porque isso só vai te machucar ainda mais.
só aceite que vai passar um dia e siga em frente,
o que passou há de ser superado, e não esquecido.
eu sei que tudo isso machuca, mas não dá pra simplesmente
fazer as pessoas gostarem de você.

às vezes você encontra alguém que sente o mesmo, às vezes você não tem tanta sorte assim. mas talvez, um dia, você encontre alguém que goste de você pelo que você é.

porque você é incrível.
você é imenso.
você é extraordinariamente foda.
alguém um dia vai aceitar o seu amor.

saiba que o seu amor importa.
e que você precisa ser, antes de qualquer pessoa,
o amor da sua vida.

SUPERAR É O SUFICIENTE.

eu tive medo de te esquecer
e nunca mais poder lembrar
de que um dia foi amor,
e foi leve, e me fez dormir tranquilo,
me tirou o sorriso e me deu abrigo.

eu tive medo de te esquecer e junto contigo perder as mensagens, as nossas conversas,
as fotografias, as músicas, tudo.
mas o que seria da gente se não tivéssemos medo de algo?
ainda que o medo seja esquecer aquilo que um dia amamos.

eu até tentei, mas a vida me contou que eu não conseguiria esquecer, e tudo bem, ficou comprovado que, de fato, a gente não esquece.

aprendi que superar é o suficiente.
superar é maduro, resiliente.
porque superar é quando a gente lembra e não dói mais. é quando a gente fala sobre e não cai uma lágrima sequer. é quando perde a razão e o sentido, quando nem o machucado arde mais. é quando a gente aceita que passou.

quando a gente diz de peito aberto pro que não soma ir embora, tudo fica melhor.

quando a gente aceita que é preciso ressignificar o amor e tudo o que ele tocou, a gente começa a entender que certas coisas precisam ficar pra trás. e isso não significa que não existiu.
existiu sim, só não existe mais.

o tempo passa, e a gente nem percebe, as conversas se vão, a gente muda, as mensagens não são mais as mesmas, as fotografias se perdem, a gente aprende a amar quem somos.
o nosso amor-próprio precisa ficar.

e isso é tudo.

eu não quero alguém que fique porque precisa ficar,
quero alguém que não precise ficar, mas que fique
por, simplesmente, querer.

quando alguém abre o peito pra você ficar,
quando alguém permite que você conheça os traumas,
as marcas e os medos,
quando alguém fala pra você sobre tudo o que um dia doeu,
sobre a bagunça que um dia deixaram,
quando alguém te deixa ficar, por favor, não estrague tudo!

SEJA O AMOR DA SUA VIDA.

eu sempre procurei nos outros alguém pra me acolher, pra ser afeto, me apoiar, ser morada. um sinal, um sentimento, uma reação que me fizesse ter a certeza de que encontrei o amor da minha vida, quando, na verdade, o amor da minha vida era eu.

tenho certeza.
o amor da sua vida é você mesmo.

a gente precisa se aceitar, se acolher, se abraçar, se respeitar, se tratar com carinho e olhar pra gente com mais perdão e menos culpa.

porque quando a gente entende que o amor da nossa vida tá na gente, tudo fica mais leve.
então, quando você se maltratar porque alguém se foi, tente se olhar com mais afeto.

quando você se culpar porque algo acabou, olhe pra si mesmo com mais cuidado. quando pensar em procurar nos outros o amor ideal pra ti, pare um pouco e perceba o que o amor tenta te dizer.

às vezes ele está aí, mais próximo do que você imagina, dentro de você, querendo te dizer que ele te ama, que ele te quer.
e que às vezes você só precisa parar com essa teimosia de

querer encontrar nos outros aquilo que está aí dentro. só você não percebeu ainda.

o amor mora em você!

e quando digo que você é o amor da sua vida, é porque sim! você é! sempre foi. sempre vai ser.
os outros são só complemento.

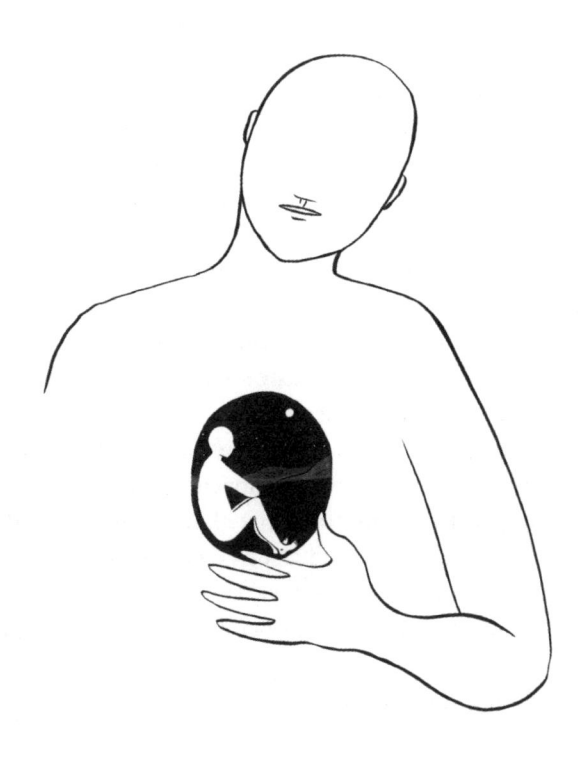

JAMAIS VOU ME TROCAR POR NINGUÉM NESSE MUNDO.

minhas sinceras desculpas a todas as pessoas que possam passar pela minha vida. mas eu vou escolher a mim sempre que preciso for. porque durante muito tempo eu escolhi o outro. eu fiz pelo outro o que esqueci de fazer por mim. eu amei o outro dando tanto de mim a ponto de muitas vezes não me ter mais por completo. eu me entregava pro outro e esquecia que o mais importante no fim de tudo era ter a mim.
é por isso que penso: eu jamais vou me trocar por ninguém nesse mundo. não mais.
mesmo que me doa abrir mão. ainda que partir seja mais um processo a ser superado. só existe uma regra: se não me faz bem, não me fará falta. hoje eu escolho eu. porque sim. porque ser eu é tudo o que resta quando ninguém mais está aqui. porque eu entendo que a minha capacidade de amar é gigantesca e não preciso do mínimo que alguém queira me dar. e tudo bem se algum dia eu olhar pro espelho e não encontrar as respostas que procuro. porque eu entendo também que não é nos outros que eu vou encontrar essas respostas. eu compreendo que não é alguém que vai me salvar das tempestades internas e dos dias frios.

eu escolho eu. mesmo com todos os defeitos e inseguranças. porque eu sei que quando as coisas estiverem uma merda, eu vou estar aqui. porque não é no outro que está a felicidade que por tanto tempo procurei.

é aqui. comigo.
na minha pele.
no meu corpo.
dentro de mim.

EU QUERO TE DIZER UMA COISA SOBRE A DOR.

outro dia ouvi alguém dizer que, pra passar, a gente precisa aprender a aceitar nossas marcas, admitindo que elas existem e que dói, até a dor sarar.

vai doer hoje, amanhã, talvez na semana que vem doa menos.
mas saiba que os machucados fazem parte de você
e você não precisa viver se culpando
só porque você ainda sente como se fosse ontem.

você fez o que pôde e não deve se arrepender por isso.
se alguém não soube te compreender,
talvez o erro não esteja em você.
e o mínimo que você deve fazer agora
é conceber o perdão a você mesmo.

eu não sei exatamente o que você sente neste momento. talvez você esteja mais bagunçado por dentro que a última gaveta do teu armário. mas quanto mais você se apegar a algo que não te faz bem, mais difícil vai ser a despedida, vai doer mais ainda, mais complicado vai ser o processo de cura.

eu posso te garantir:
você sobrevive.
você supera.
você suporta.

EI, VAMOS FALAR SOBRE VOCÊ?

você que anda se culpando mais do que se perdoando. que sempre que erra, carrega consigo os erros como se fossem fardos, quando, na verdade, eles fazem parte de você, e é com os seus erros que você precisa aprender.

você que se maltrata sempre que alguém não fica o tempo que você esperava. que se questiona e duvida da sua capacidade, do seu corpo, da sua essência.

você que se pergunta, a cada pessoa que parte: "o que foi que eu fiz dessa vez?".

eu quero te falar umas coisas.

primeiro, compreenda que o seu amor, por mais intenso e sincero que possa ser, às vezes será recusado. e eu sei que isso dói, e que você não consegue entender por que o outro não aceitou.

já parou pra pensar que se o outro não sente o mesmo por você, as coisas não acontecem? e é melhor mesmo que não aconteçam. que se encerrem. vai por mim.

depois, comece aceitando também que algumas vezes não vai ser no tempo que você quer. e você não precisa se martirizar por isso. as coisas acontecem quando precisam acontecer. no tempo certo, porque assim é melhor. é mais leve.

para de pensar que o teu corpo fez alguém partir. que o teu jeito fez alguém perder o interesse. que a tua intensidade assustou. você não precisa se culpar todas as vezes que os outros escolhem ir embora. as pessoas vão partir, se assim quiserem. e é melhor que você entenda isso.

o que fazer? viva o que tiver pra viver. da forma mais profunda e intensa que você sabe muito bem. se não for pra ser, abra passagem pro outro ir. tá tudo bem chorar no outro dia, sentir falta durante um tempo, mas você não precisa implorar pra que fiquem ou segurar as pessoas por medo de perdê-las.

a prioridade sempre foi não se perder, lembra?

o que importa é que você não perca a sua essência mesmo com tanta gente rasa que passou por você.

eu não te conheço, mas eu sei que se você leu até aqui
é porque você é afeto. e ser afeto, nos dias de hoje, é foda pra caramba.

a vida tá aí, pra você viver.

e viver, meu bem, não é um mar de flores.
a gente cai, a gente levanta, a gente tenta de novo.
a gente se decepciona, a gente se recupera.
ninguém sai ileso, ninguém é inabalável.
a gente recomeça, a gente se reconstrói.

a gente é resiliência.

fique com alguém que eleve a tua autoestima,
que não te compare com os outros,
que tenha o mínimo de responsabilidade afetiva com você
e que fale de você com orgulho pra todo mundo.

você já tem problemas demais. ansiedade. medo.
e você não merece ninguém que potencialize isso.

SOBRE MATURIDADE.

maturidade é querer, querer tanto, querer muito,
mas entender que é melhor abrir mão.
porque dói.
porque te consome.
porque te tira o sono e te desequilibra.

maturidade é sentir falta, mas entender que é melhor assim. é conviver com a saudade de algo que já sabe que é melhor não ter. é acreditar que pode doer agora, e é melhor que doa tudo de uma só vez, porque só assim um dia vai passar.

maturidade é conviver com a vontade de voltar atrás, mas seguir em frente, é pensar em reabrir o teu peito pra quem te machucou, mas manter a tua saúde emocional e mental em paz.

porque por mais que você ame,
e sinta saudades,
e a falta te machuque.
maturidade é entender que é melhor conviver com a dor de partir do que se acostumar com a dor de ficar aceitando aquilo que não merece.

maturidade é dar as mãos a você mesmo,
porque você vai precisar,
porque às vezes será você e você.

maturidade é não abrir mão de si mesmo
só pra segurar a mão de alguém
que não quer caminhar ao lado
e que só sabe te passar pra trás.

por fim,

maturidade é conviver com a dor,
é aceitar e sentir tudo o que tem pra doer. à vista.
de uma vez. porque prolongar algumas coisas
é como viver a dor parcelada.
e você não merece viver assim.

QUANDO ALGUÉM GOSTAR DE VOCÊ DE VERDADE. VOCÊ VAI SABER.

porque quando alguém gosta da gente, esse alguém faz de tudo pra estar presente, essa pessoa se importa. mesmo distante, tem interesse em saber de você. em ouvir com atenção você falar sobre os seus medos.

quando a gente gosta,
a gente quer estar perto,
quer saber do outro,
sente saudades e procura prontamente.

quando alguém gosta da gente,
a gente sente. é mais do que receber uma mensagem a cada semana, é muito mais do que te chamar pra sair só quando convém, sabe?
porque quando alguém gostar de você, esse alguém vai querer que você fique, porque a tua presença importa.

mas se você não tem certeza,
se você ainda tenta se convencer

de que o outro realmente gosta de você, ou se você tem dúvida sobre ir ou ficar, é porque você está onde não deveria permanecer, recebendo o pouco que talvez nem mereça.

e o melhor a se fazer é partir.
você sabe, não é?

você inspira pessoas.
o teu sorriso faz alguém sorrir.
o teu jeito é admirado por alguém.
a tua intensidade é importante pras relações.
alguém aprendeu com você sobre o que é o amor.

não desista de si mesmo.

SE ABRACE MAIS.

você não precisa se culpar por sentimentos que são naturais. é normal a gente se sentir meio *bad*, a gente ter medo, ter inseguranças, não saber o que fazer, perder a direção. tudo isso é natural. você não é fraco por se sentir assim.

amanhã vai ser melhor.

você ainda tem um longo caminho a percorrer, e durante o teu trajeto coisas incríveis vão acontecer. você ainda precisa ouvir o barulho do mar outras vezes. você merece olhar e ter a certeza que você é o maior exemplo de força e resistência.

você ainda fará muitos planos. ainda vai encontrar muitas pessoas que vão te enxergar como você é. o teu sorriso ainda vai salvar alguém. o teu amor ainda vai acolher muita gente. o teu afeto vai inspirar outras pessoas.

você ainda vai realizar muito do que sonha. porque você é grande. e você merece se dar a chance de ser resiliente, de renascer, de se transformar e ressignificar as suas dores.

você ainda vai sorrir do que um dia te fez chorar. você ainda vai aprender a se perdoar mais e se culpar menos. e vai compreender também que tanto faz se alguém fica ou sai da sua vida. o que importa mesmo é o quanto você está preparado pra mudar as coisas de lugar a cada fim.

você ainda vai provar muitos novos sabores, muitas maneiras de chorar, de secar as lágrimas e sorrir. você ainda vai descobrir muitos outros lugares que te farão se sentir em casa, muitos outros abraços que vão te abrigar, muitas outras pessoas que vão agradecer por sua existência.

e eu só queria dizer pra você não desistir. porque amanhã vai ser melhor.

verdades cruéis demais para serem lidas rapidamente:

sexo não é tudo.
amor não é o suficiente.
intimidade é importante.
mentira também é traição.

não receber uma mensagem
também é uma mensagem.

nunca concordei tanto com uma frase:
"o amor requer coragem".

coragem pra sair da bolha. coragem pra assumir os riscos. coragem pra mergulhar por inteiro. coragem pra abrir o peito e tornar-se abrigo. coragem pra ser quem é, pra se fazer escudo. e nem todo mundo tem coragem.

A PRIORIDADE É O MEU AMOR.

outro dia eu me questionei: "será mesmo que eu preciso implorar ou buscar pelo amor de alguém pra me sentir amado?".

tá tudo bem eu ficar comigo mesmo. dedicar a mim o amor que eu mereço. erguer os meus braços pra quando eu cair. abrir o meu peito pra me receber de volta depois de uma decepção. é isso que importa. ser a minha própria fortaleza, pra que quando alguém me quebrar, ou eu mesmo que romper por minhas expectativas, eu retorne pra mim com o sorriso no rosto e a certeza de que vai ficar tudo bem.

porque eu vou fazer ficar.
porque eu vou lutar pra que fique tudo bem.

e isso não é papo furado pra pagar de autossuficiente. eu tenho percebido, cada vez mais, que o outro não vai se importar comigo da maneira que eu preciso me importar. o outro não vai considerar minhas marcas, não vai se comover com meus traumas, não estará comigo o tempo todo. muitas vezes, o outro, aquela pessoa a quem eu entreguei o meu amor e abri a minha vida, vai me machucar.

mesmo me conhecendo.
mesmo sabendo que eu
não mereço ser machucado.

e eu tenho entendido o recado. eu tenho que estar comigo. isso que deve ser a prioridade.

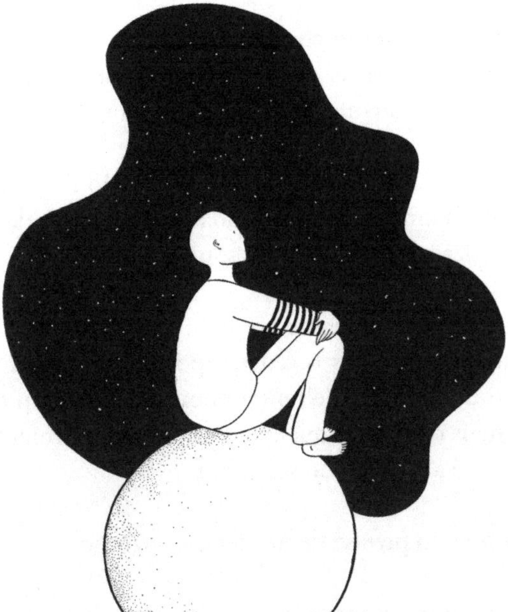

VOCÊ JÁ PENSOU EM FICAR SOZINHO POR UM TEMPO?

em parar de querer encontrar nos outros algo que encaixe perfeitamente em você. e entender que muitas vezes é melhor ficar só do que com alguém que só queira te bagunçar.

e enxergar que alguns finais, na verdade, são livramento. é o universo te dando uma oportunidade de ser você, de recomeçar e priorizar o que realmente soma na sua vida.

em parar de enviar mensagem pra quem te machucou, e parar também de perder o teu tempo ouvindo quem não te considerou. em parar de tentar encaixar alguém que já nem te cabe mais ou aceitar qualquer amor que te prometem, enquanto você abre mão do seu amor.

às vezes você só precisa de um tempo sozinho.

tempo pra respirar, pra colocar as coisas no lugar, pra se acolher e entender que você não deve se culpar por coisas que não dependiam só de você.

tempo pra se cuidar, pra ouvir mais você, pra entender que nem sempre as pessoas vão ser como você espera que sejam.

tempo pra compreender que você precisa de você mais do que qualquer outra pessoa. que o seu amor só vai ter valor pros outros quando você for a sua primeira prioridade.

PARA VOCÊ QUE PERDEU ALGUÉM INCRÍVEL.

sério. eu nunca vou entender o que se passa na cabeça de alguém que tem uma pessoa incrível do seu lado e, ainda assim, a perde. por mentiras, traições, irresponsabilidades.

deve ser trágico demais perder alguém porque você foi péssimo com quem te deu o melhor. não é?

eu queria aproveitar este texto pra falar diretamente com quem perdeu alguém incrível.

quero dizer que se você errou com alguém que só queria o teu bem, reconhecer quem você foi é o primeiro passo pra aceitar quem você será daqui pra frente. você vai ficar bem e vai aprender a ser incrível pros outros. e eu espero que você dê o seu melhor pros seus próximos amores agora. eu espero, realmente, que você considere a bagunça que você fez com quem passou pela tua vida, e, a partir de agora, seja alguém incrível para a próxima pessoa que te encontrar pelo caminho.

um dia você vai perceber. já não importará quem você foi para alguém, enxergue suas falhas, aceite os seus erros, admita o dano que você causou a alguém, e amadureça! se transforme com tudo isso.

você pode ser alguém bom. apesar de ter machucado alguém. você pode ser alguém amável mesmo partido o coração de alguém. você pode ser alguém incrível, só precisa ter coragem de ser.

acredito que você seja alguém bom. de verdade.
e eu espero que você acredite nisso também, pra fazer o amor valer a pena. pra agir com responsabilidade com o outro. pra que a próxima pessoa possa te olhar com afeto, e não com receio.

não carregue a culpa de quem você foi.
carregue a certeza de que você será uma nova pessoa. melhor. madura. e responsável.

às vezes a gente só tem que
olhar pras nossas paranoias
e dizer: sem tempo, irmão!

de: eu
para: eu

você tem que parar com essa mania de colocar intensidade onde não existe reciprocidade. parar de tentar justificar a partida dos outros procurando um defeito em você. parar de dar chances demais pra quem não te leva a sério.

O AMOR NÃO É SOBRE BUSCAR NO OUTRO A CURA.
É SOBRE SABER ENCONTRAR A CURA EM SI MESMO PRIMEIRO.

quando entendi que o amor está dentro de mim, eu compreendi também que não é qualquer pessoa que vai ficar. não é qualquer relação que vai me fazer permanecer.

porque não é sobre o que o outro vai me dar, é sobre o que eu tenho pra dar e o que eu vou ter pra mim quando o outro não quiser mais o que eu tenho, ou quando o outro simplesmente não merecer.

compreendi que o amor não é uma busca incessante de que o outro me acolha e me faça bem. isso é bom. mas buscar isso cansa. esperar isso frustra a gente. é melhor a gente tentar se acolher e se fazer bem ao máximo. sem dependência. sem querer que o outro faça o que a gente pode fazer por nós, sabe?

não é fácil praticar isso. mas é necessário. a cada pessoa que passa por mim eu entendo que a realidade é se transbordar de amor primeiro.

acho que o amor é muito mais sobre mim. sobre como eu me vejo. sobre como eu me trato. sobre como eu me acolho. não é sobre o outro. é sobre eu procurar, todos os dias, me compreender. e tudo bem que algumas vezes isso não vai ser possível. mas o amor é sobre eu ao menos tentar.

tentar ficar comigo. tentar me perdoar. tentar me abraçar, principalmente quando o outro recusar o meu abraço, ou desvalorizar o meu afeto.
o amor é sobre o que mora em mim. e é por isso que eu não posso permitir que qualquer um entre pra bagunçar. ou quando isso ocorrer, eu não aceitar permanecer na bagunça que alguém deixou.

o amor é sobre me encontrar na bagunça. sobre eu buscar uma direção mesmo quando eu perder a rota. é sobre eu ficar um pouco dentro de mim e entender que tá tudo bem sentir medo, tá tudo bem se sentir inseguro às vezes. e tá tudo bem me perder também, eu vou buscar me encontrar.
o meu amor por mim vai me ajudar a compreender isso. a aceitar os finais. a não me sabotar, nem acabar comigo quando algo acabar.

o amor não é sobre buscar no outro a cura.
eu não quero alguém pra me curar.
eu só quero alguém pra não me ferir.

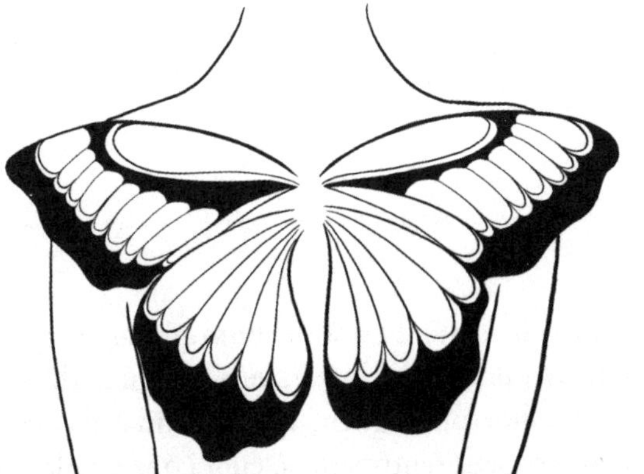

MATURIDADE É UM PROCESSO. E, CARALHO, ISSO QUE VOCÊ TÁ SENTINDO HOJE VAI TE FAZER MAIOR. VOCÊ VAI VER.

eu sei o quão péssimo é você ser bom pra alguém e esse alguém usar isso pra te machucar. eu sei o quão difícil é você dar o seu melhor pra alguém que, no final das contas, só brincou com os seus sentimentos. eu sei que é foda a gente se doar, fazer tanto por acreditar em alguém que usou das suas fraquezas e dos seus medos pra te quebrar ainda mais.

não dá mesmo pra entender como alguém diz que te ama e, ao mesmo tempo, tem coragem de jogar com o teu amor.

mas aconteceu.
acontece.
e talvez, desculpa te dizer isso, vai acontecer outras vezes.

vez ou outra a gente vai esbarrar em gente assim. a gente só precisa estar atento a quem entra na nossa vida e, principalmente, a quem precisa sair.
a gente se revolta, e tudo bem se revoltar.

a gente não entende, e tudo bem não entender agora. outro dia a gente vai aprender a aceitar. porque a gente precisa aceitar primeiro pra se curar. uma coisa de cada vez.
maturidade é um processo.

a gente sente raiva também, e tudo bem sentir.
e eu sei o quão foda é sentir tudo isso. o quanto você fez tudo com tanta sinceridade e afeto. é foda você ter que sentir que algo tira o teu sono, que faz você duvidar de si mesmo, que te faz questionar quem você foi.
mas se você foi você, não há o que se questionar.
e você sabe disso, né?

tá tudo bem sentir toda essa confusão.
aos poucos você saberá organizar tudo.

quem te fez mal não te fará falta, e você vai entender isso quando aprender a preencher os espaços com o que pulsa dentro de você.

pensa que será um processo.
e, caralho, isso vai te fazer maior.
você vai ver.

pensa comigo:

antes de qualquer pessoa entrar na sua vida, você já se pertencia. você já era alguém capaz de ser incrível. então quando alguém sai da sua vida, a única certeza que você deve ter é de que você se pertence. sempre foi assim, e que assim seja sempre.

sem culpa, ok?

há um tempo eu cometi o erro de tornar alguém mais importante do que eu.
e paguei caro por isso.

até entender que o outro não tem que estar à minha frente, pois é mais leve quando ele aceita andar ao meu lado, que o meu mundo não deve girar em torno de ninguém porque eu tenho a mim mesmo pra cuidar, e isso é importante também.

compreendi que o amor não é bem tornar o outro o único motivo pra minha existência, o amor é reconhecer que antes de o outro chegar, eu já existia e me pertencia.

é assim que escolho amar.
sem pesos.
fica quem desejar.

eu insistia pra que ficassem na minha vida. dava chances, como se minha saúde emocional não importasse. perdoava e aceitava de volta, porque não conseguia aceitar que perdão não significa colecionar pessoas que só ocupam a prateleira e empoeiram a minha vida.
eu perdia tempo demais me amando pouco.

e agora?

agora eu entendo que quem chegar não é tudo pra mim, nem a metade que me falta, porque apesar dos pedaços que me tiraram, eu sou inteiro em mim.

eu me pertenço.

SE VOCÊ É TÃO PROFUNDO, POR QUE TEM ACEITADO PESSOAS TÃO RASAS?

acho que a gente não erra exatamente quando amamos alguém que nos engana. ou quando insistimos em algo por acreditar que em algum momento possa ser bom pra gente. ou por querer e sempre dar novas chances a alguém que só machuca.

a gente não erra por tentar.
por querer que dê certo.
por acreditar nas palavras de alguém que amamos.
por achar que o pouco que o outro oferece já está de bom tamanho.
a gente não erra por amar demais, por ser afeto demais, por ser intenso e grande mesmo que as pessoas sejam rasas e pequenas pra gente.

perceba,
o erro não está no amor que carregamos, nem na capacidade de amar ainda que alguém estraçalhe o nosso peito.
o erro está quando a gente ignora o nosso primeiro amor.
aquele que precisa estar com a gente, além de qualquer coisa e de qualquer pessoa.

o erro é abrir mão do nosso próprio amor pra implorar pelo amor do outro.

que a gente possa ter mais atenção com o nosso próprio peito.

não adianta ter medo de ser traído, enganado, ou feito **de** trouxa. porque se o outro te trai, **não** é sobre você, é sobre ele! é ele quem tá sendo idiota! a gente **não** deveria **ter medo** disso. a gente deveria **ter** coragem **de ser** quem a gente é, **de** fazer a nossa parte.

DESCULPAS É O CARALHO!

eu realmente me dei a oportunidade de mergulhar, de dar o meu melhor porque eu acreditei que você daria seu melhor também. mas se o que me deu foi o seu melhor, eu não ousaria pensar o que seria a sua pior parte.

e, agora, você me pede desculpas.
desculpas é o caralho!

a minha mente tá fodida. minha vida bagunçada. tá tudo fora de lugar e ordem. a ansiedade engole meu sono. eu não tenho foco pra pensar em outra coisa porque o machucado que você deixou reaparece a toda hora. ainda que eu sinta falta, a única certeza que eu tenho é que preciso de mim. não de você!

desculpas é o caralho!

você pediu pra entrar. conheceu tudo o que eu tinha por dentro. você viu a fragilidade e a entrega que eu sou, e achou que eu seria uma presa fácil pra você, né? você tinha a opção de ser bom, mas preferiu escolher ser podre.

eu tô aqui, inseguro como nunca estive antes. lutando comigo mesmo pra não me culpar, pra não me sabotar, nem me maltratar por tudo isso. porque eu sei que eu sou incrível, que dei o melhor de mim, que fui foda pra você, e tudo o que você conseguiu ser se resume a covardia.

desculpas é o caralho!

eu não tolero as suas ações escrotas que me fizeram duvidar da minha capacidade, da minha autoestima e do meu amor-próprio.

e caso um dia eu precise perdoar alguém, esse alguém será eu. me perdoar por acreditar no que você dizia a ponto de duvidar do que a minha intuição alertava. me perdoar por ter permitido que você ficasse por tanto tempo. me perdoar por ter julgado a minha intensidade a ponto de me cobrar mais do que você merecia.

a minha autoestima não volta com o seu pedido de desculpas. a marca não cicatriza com o seu pedido de desculpas. no final das contas, o processo de cura depende de mim. eu que tenho que me perdoar.

suas desculpas você guarda
pra quando a vida te derrubar.
por agora, desculpa é o caralho!

SEGUIR EM FRENTE É A MELHOR COISA QUE VOCÊ PODE FAZER POR VOCÊ.

na primeira vez em que abri mão de alguém que amei pra caramba lembro que fiquei me questionando se tinha feito o certo, porque doía, e eu sentia falta, e pensava em voltar atrás. tudo isso porque tinha medo de seguir sozinho. continuar em frente foi a melhor coisa que fiz por mim.

se você pensa em partir, é porque dói ficar.
é porque, de alguma maneira, você sabe que não deveria mais estar.

então se eu pudesse te dar um conselho, esse conselho seria: vá!

siga o seu caminho. valorize a sua vida porque ela passa depressa demais, e você não merece ficar onde não te cabe mais.

vá!

eu sei que não é fácil se desfazer de uma história, não é fácil abrir mão de alguém que você ama. mas passa.

você sente falta, sente saudades, acha que não vai suportar porque você começa a enxergar espaços vazios que ficaram. mas são esses espaços que você precisa preencher de si mesmo.

continuar em frente é a melhor coisa que você pode fazer por você. é uma prova de amor.

me tornei quem eu sempre quis me tornar, porém jamais
pensei que **me** tornaria a pessoa que já se decepcionou tanto
na vida que agora responde tudo com...

segue o baile.
tá tudo bem.
foda-se!
vida que segue.
se não soma, não **me** fará falta.
eu vou ficar bem.

PRECISO TE DIZER ALGO SOBRE VOCÊ E O MUNDO QUE VOCÊ PRECISARÁ ENFRENTAR.

algumas pessoas vão te machucar. às vezes a tua expectativa vai te machucar. às vezes a tua intuição vai te machucar. de alguma maneira, em algum momento, você vai se machucar.

mas, por favor, não leve isso como castigo. você não precisa carregar as suas falhas como um fardo, você não tem que levar contigo quem te machucou.

você é muito mais que suas marcas. você é muito mais que alguém que te machucou. saiba que nem todo mundo vai permanecer na sua vida. e algumas vezes você vai até agradecer por isso. nem tudo vai sair como você espera, talvez porque o que você espera não seja o que você mereça de fato.

se ninguém te contou, eu te conto:
as pessoas vão continuar indo embora.
você vai partir de alguém.
alguém vai partir de você. a vida é assim.

eu só te peço que aceite os finais, mas nunca se acostume com a partida a ponto de fugir do amor por medo de algo acabar.

vai acabar sim.
mas você não precisa acabar com você.
nem se culpar. nem se maltratar. nem carregar pessoas que já se foram. você não precisa se destruir toda vez que alguém vai.

você só precisa recomeçar.
porque recomeçar cura.

VOCÊ MERECE SER CUIDADO. CUIDE DE VOCÊ.

cuide de você mesmo quando as suas tentativas falharem. mesmo quando o teu amor não for suficiente pra que alguém fique. mesmo quando você precisar ir, sozinho, sem saber qual caminho seguir. cuide de você pra que você compreenda que, uma hora, você vai chegar a algum lugar.

faz o seguinte: respira. uma, duas, quantas vezes forem necessárias. até as coisas se acalmarem dentro de você. comece aceitando que não é obrigação do outro cuidar daquilo que é seu. você é intransferível e, por isso, é em você que passará a maior parte do tempo.

tome um banho quente. sinta o seu corpo. tente fazer uma comida que nunca fez. assista a um filme. e tudo bem dormir durante o filme.

desative as notificações por um tempo, ouça uma música, faça um chá. tente fazer qualquer coisa que te traga pra mais perto de si.

só você e você.

sentir que algo ainda dói é normal. isso prova que você está vivo. e você precisa continuar.

tire um tempo pra cuidar da pele. pra lavar o cabelo. saiba que o teu corpo é o teu casulo. é nele que você vai estar e as transformações vão acontecer. é natural.

você é a única pessoa responsável por tudo o que sente. só você sabe o peso que carrega. ninguém pode, nem vai, cuidar de você tão bem quanto você mesmo.

então, vai lá! se cuida.

quando uma pessoa gosta de você, você sabe.
quando alguém quer ficar contigo, você sente.
quando alguém te trata como prioridade, **você** percebe.

quando alguém está jogando com os seus sentimentos e não te leva a sério, **você** também **sabe**. só prefere não acreditar.

se acostumar é uma merda.

a gente se acostuma a não falar tanto,
até falar o necessário e depois não falar mais.
a gente se acostuma com a falta,
até que a ausência não incomoda mais
e a presença deixa de ser tão importante assim.

A GENTE NUNCA ESTÁ CEM POR CENTO PREPARADO PRA PARTIDA DE ALGUÉM QUE A GENTE APRENDEU A AMAR.

sempre dói.
dói pra caralho.

dói porque sempre fica algo do outro, mesmo que pareça que ele tenha levado absolutamente tudo.

fica o vazio dos espaços que a gente não aprendeu a se preencher. fica a falta que tira o sono e faz a gente acordar mais cedo ou dormir mais tarde pensando em mil maneiras de como seguir em frente.

ficam as brechas que a gente tenta encaixar nossas paranoias, tentando encontrar uma resposta pra partida do outro, quando a resposta está na nossa frente. é o fim de algo, mas isso não significa que seja o nosso fim.

em algum momento o outro vai precisar partir.
não há o que fazer.
às vezes a culpa não é sua.
nem do outro.

ninguém é o culpado.

um dia, tudo pode perder o sentido. amanhã eu posso querer outra coisa que seja totalmente diferente da que quero hoje, ou simplesmente posso deixar de querer o que aceitei por tanto tempo.

o outro pode desistir de mim, mas o importante é que eu não desista de quem sou, porque quem vou ser um dia precisa se orgulhar de quem fui.

a gente nunca está cem por cento preparado pra partir de alguém também.

eu já precisei partir porque foi a única escolha que o outro me deu. ou eu ficava aceitando o pouco amor que o outro me prometia e cada vez mais me perdia, ou eu iria embora buscando me encontrar.

é foda quando você precisa se convencer de que a melhor coisa pra você é deixar pra trás quem você ama, porque a pessoa que você ama só consegue te fazer mal.

eu já tive que abrir mão,
que aceitar o fim,
que lidar com a saudade estraçalhando tudo por dentro enquanto por fora eu sorria e dizia pra mim mesmo que iria passar.

acho que a forma mais triste de perder alguém é perder por não querer mais que esse alguém permaneça, é perder porque essa é a única escolha que o outro te dá, é perder porque todo sentimento que um dia foi bom deu lugar à indiferença.

eu nunca perdi alguém por falta de amor.
mas já me perderam mesmo quando eu tinha tanto pra dar.
a pior coisa é perder e só perceber que perdeu
quando o outro vai embora sem pretensão alguma de voltar.

eu fui
e nunca mais voltei.

EU ME PERDOO.

eu me perdoo por todas as vezes em que arranquei a casca da ferida só pra negar a mim mesmo que eu precisava ir embora. eu me perdoo por todas as vezes em que parcelei a dor e tudo o que me machucou só pra não ter que lidar com o fim.

eu me perdoo por não ter tido coragem de aceitar que algumas coisas precisavam mesmo acabar, me perdoo por ter me arrancado de mim mesmo quando eu mais precisei do meu abraço.

eu me perdoo por todas as vezes em que insisti ficar em lugares quando o meu peito já implorava pela minha partida. por empurrar pra dentro de mim, por tanto tempo, pessoas que já não tinham tanto a ver comigo só por medo de não saber como eu seria sem elas.

a verdade é que eu continuei e foi incrível.

eu me perdoo por ter aceitado qualquer migalha só por medo de ficar sozinho, por me enganar achando que ser só era ser incompleto. quando na verdade, na maioria das vezes em que me encontrei, foi ao meu lado.

eu me perdoo por ter acreditado que outro me faria bem e ignorado quando a minha intuição dizia que me faria mal. por ter aceitado o mínimo. por ter aberto o meu corpo pra que entrassem quando só tinham interesse em passar por ele, por uma noite. me perdoo por ter, algumas vezes, permitido que as relações superficiais me tocassem, que conhecessem a minha vulnerabilidade, que me enxergassem despido e gozassem na minha pele.

me perdoo por abrir o meu peito pra qualquer um que prometesse amor, sem ao menos ter considerado que, dentre todos os amores, o amor que mais importa é o amor que sinto por mim.

eu me perdoo por ter me culpado, por ter me autossabotado, por me maltratar toda vez que alguém partia. e por todas as vezes que me julguei insuficiente a cada abandono. eu me perdoo por ter prometido pra mim mesmo, num momento de fúria ao amor, que nunca mais iria senti-lo.

eu me perdoo. e compreendo que preciso, na verdade, aprender a admirar a pessoa que eu fui, e principalmente quem eu sou agora.

acho que a primeira coisa que a gente precisa saber sobre superar
é aceitar que talvez demora mais do que a gente imagina.

e a gente vai aprender a ressignificar as lembranças.
a saudade. a falta.

porque certas coisas vão dar lugar a novas.
a gente só precisa de tempo pra isso.

UM TEXTO SOBRE O AMOR QUE EU SOU.

tanto tempo já se passou,
acho que agora eu posso falar,
sem dor, sem mágoa,
sem qualquer tipo de rancor,
sobre o que aconteceu com a gente,
ou melhor, sobre quem eu me tornei depois de tudo.
eu pediria desculpas por todas as coisas que precisei
dizer de você, por todos os olhares de nojo,
por todos os foda-se que te mandei
sempre que você reaparecia.
mas eu precisava me convencer
de que eu merecia mais,
nem que pra isso eu tivesse que rasurar a tua existência dos
meus pensamentos e te mandar ir à merda.

porque o que você fez,
você sabe, foi foda.
tão foda que eu desacreditei
do amor das pessoas e duvidei do meu por um tempo, tão
foda que eu fugi de qualquer outra possibilidade de me envolver novamente.
tão foda que eu me tranquei.
esquivei de olhares. perdi o interesse.
do flerte. das pessoas. das conversas.

de tudo que me levasse àquele mesmo
caminho onde te encontrei.
eu me culpava.
tentava encontrar novos erros
em todas as partes de mim.
do corpo aos gestos.
eu me autossabotei pra caralho!
mas a pessoa que me tornei
tem orgulho da pessoa que fui.
e, apesar de toda confusão que você causou,
foi com ela que eu aprendi a ser melhor.
mas, por favor, não leve isso como mérito,
porque este texto não é sobre você.
é sobre mim!

sobre o quão foda eu fui mesmo quando tudo em mim doía.
é sobre ter agido com sinceridade comigo e com os outros
e não ter envolvido ninguém enquanto meu peito estivesse
confuso.
é sobre ter compreendido que pra passar, tudo precisava ser
sentido.

é sobre admitir que não tem como esquecer quem marca a
vida da gente, mas tem como superar. e superar já está de
bom tamanho.
é sobre todo o processo de me olhar no espelho
e, a cada dia, perceber um pedaço novo de mim.
é sobre me conhecer novamente e, no final,
me orgulhar de quem eu era quando te conheci
e, mais ainda, de quem eu me tornei quando me conheci.

este texto é sobre o amor.
sobre o amor que eu dei,
sobre o amor que eu fui

mesmo quando os outros não tinham muito pra dar.
e principalmente sobre o amor que eu sou.
e eu posso até me envolver,
sem perceber, com pessoas iguais a você novamente,
mas eu aprendi que não importa o quanto eu ame,
eu preciso soltar tudo aquilo que me aperta.

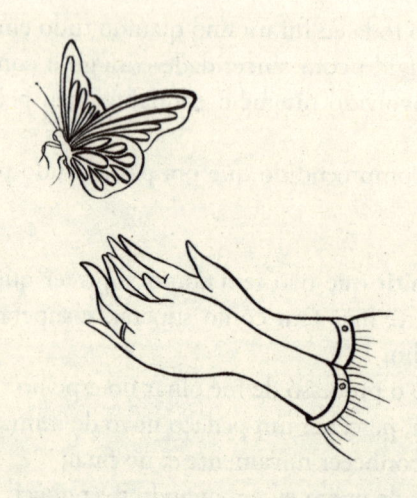

SUA INTUIÇÃO VALE MAIS DO QUE QUALQUER EMBUSTE QUE TENTE DIZER QUE VOCÊ ESTÁ LOUCO, PARANOICO, CIUMENTO OU VIAJANDO NA MAIONESE.

tenho uma coisa pra te dizer: na maioria das vezes não é viagem da sua cabeça, é a tua autodefesa te pedindo pra cair fora.

lembro quando a minha intuição tentou me alertar, e eu duvidei. por mais que eu soubesse a verdade, eu ignorei. lembro de quando questionei, o outro disse que era coisa da minha cabeça. e por mais que algo dentro de mim me dissesse pra ir embora, eu insisti ficar.

mas eu sentia alguma coisa dentro de mim me dizendo que eu não estava no lugar que deveria. porque a gente sente quando a gente está numa relação que não parece ser o que a gente acreditou. por mais que o outro tente manipular, a gente sente. e sentir é a coisa mais poderosa que acompanha a gente.

intuição é algo que faz parte do nosso corpo, que talvez nem a ciência explique. é a película que tenta proteger a gente de pessoas rasas, algo que sempre chama nossa atenção quando a gente tá plantando amor em terrenos inférteis.

intuição é a nossa segunda pele. se algo toca na gente com a intenção de machucar, a gente sente. por mais que algumas vezes a gente pense que não pode ser verdade, a gente sabe quando é verdade.

eu lembro que eu duvidei, porque alguém que diz que gosta de mim não poderia ter coragem de me machucar, ou poderia?
sim, poderia!

lembro que achei que fosse paranoia e me culpei. depois descobri que as minhas paranoias, na verdade, eram a minha intuição me avisando que ou eu ia embora, ou eu tomava no c*.

e, nossa, eu tomei muito no c*.

e é por isso que eu falo: acredite na porra da sua intuição. acredite no que você sente. porque é isso que importa no final das contas. é você que sobra com tudo aquilo que você é. não é o outro que vai te salvar ou te acolher depois de tudo. é você! é você que vai se cuidar. é você que vai se guiar. é você que vai encontrar sua melhor versão.

então quando a tua intuição disser o que você precisa fazer: faça! porque o outro, o outro sempre vai ter coragem de te foder! não duvide!

se perdoar é uma das coisas mais lindas
que você pode fazer por você mesmo.

perdoe suas falhas. perdoe pelas vezes
em que você se entregou e quebrou a cara.

perdoe por ter esperado demais.
perdoe por ter se culpado.
se perdoe pra ser melhor.
pra se aceitar e cuidar de si.

sobre escolhas:

ou você acaba algo ou esse algo acaba com você. ou você abre mão de alguém, ou esse alguém faz você abrir mão de você mesmo. ou você aceita o amor que merece, ou se contenta com o pouco que te dão. ou você parte e sente a dor da partida ou fica e se acostuma com a dor do apego.

a escolha está nas suas mãos.

NÃO TENHA MEDO DO AMOR.

tenho medo de me acostumar com a fuga, com a irresponsabilidade afetiva, com a falta de consideração e respeito, com o fim, com a partida do outro.

medo de me acostumar com tudo isso e acabar me transformando em alguém que já recebe o outro abrindo a porta pra ele ir embora.

que você consiga ter coragem de se despir do medo, de abraçar o afeto e dar as mãos pra alguém novamente.

que você ainda carregue a vontade amar e se jogar de corpo inteiro. que consiga ser quem sempre foi, intenso, inteiro, e que só entra em algo se for pra transbordar.

ainda que os outros não tenham cuidado do teu peito como você achou que cuidariam. ainda que você tenha acreditado demais, ou se importado demais, ou sido demais mesmo quando faltou amor do outro lado.

que você aprenda a lidar com tudo isso, mas nunca se acostumar a ponto de se transformar em alguém assim, que recebe o outro abrindo a porta pra ele ir embora.

CARTA DE DESCULPAS A MIM MESMO.

eu quero te pedir desculpas por todas as vezes que percebi a tua ferida sangrando e te machuquei ainda mais, quando eu poderia ter te acolhido e entendido que a minha própria companhia era a cura pra muitas das minhas marcas.

eu quero te pedir desculpas pelas vezes em que eu não permiti que algumas relações acabassem, porque eu não estava preparado pra ficar apenas comigo ou porque eu achava que o amor dos outros era mais importante do que o meu próprio amor. desculpa por ter aceitado promessas e acumulado sentimentos que não me faziam bem, só porque eu acreditava que o fim doeria mais do que recomeçar. mas agora eu já entendi que o recomeço transforma. e estou pronto pra te (me) dar as mãos e seguir comigo.

desculpas por todas as vezes que duvidei de você quando coloquei o que eu sentia pelo outro à frente do que eu precisava sentir por mim. e então eu duvidei da minha intuição, da minha intensidade, da minha essência e do meu tamanho. agora eu entendo que ouvir o que o meu corpo diz e o que os meus sentimentos tentam me falar, não é egoísmo. é autocuidado.

desculpa por ter pensando em desistir de você, por ter cogitado a possiblidade de abrir mão do amor, e por tentar te proibir de se apaixonar de novo. eu fui entendendo que ser vulnerável é natural. e sentir ainda é a única prova que eu tenho de estar vivo.

me desculpa por ter alimentado tantas expectativas e se frustrado tanto. admito, às vezes o erro está em mim por ter expectativas demais. e eu aceito e me perdoo por ser assim. eu aprendi a esperar de mim e a fazer a minha parte, porque é isso que está ao meu alcance. e entendi também que eu não devo me culpar pelo outro. eu não posso implorar por afeto. e me desculpa pelas vezes que te fiz implorar.

eu tô contigo.
eu te peço desculpas.
eu te perdoo também.

eu aprendi que se amar é também entender que nem sempre a gente vai acertar. e tudo bem. a gente precisa se perdoar. perdoar as nossas expectativas. perdoar quando a gente se submeter a relações que machucam. é se abraçar mesmo que às vezes você não goste de você. porque você é tudo o que tem. e desculpa por esquecer disso às vezes.

eu te (me) amo, porra!

às vezes o outro não está nem aí mesmo.
às vezes não tá tão a fim da gente.
às vezes o outro não tem nenhum interesse em ficar.
às vezes o outro não está tão interessado em ser recíproco.

a gente é que cria expectativas demais.

EU PRECISO TE DIZER QUE VOCÊ ESTÁ ERRADO QUANDO ACHA QUE NUNCA MAIS VAI PASSAR.

você está errado quando duvida
da sua força. quando diz pra si
mesmo que não vai conseguir.

você está errado por achar
que todo mundo vai te machucar
só porque alguém te machucou no passado.

você está errado quando se fecha pro amor,
achando que amar é o problema,
quando, na verdade, o grande problema
é permanecer onde não existe mais afeto.

você está errado quando acredita
que não vai superar. e você está sendo
injusto consigo mesmo também.
porque você, mais do que qualquer outra pessoa,
sabe que já passou por caminhos parecidos,
já caiu outras vezes, já se sentiu sem direção.
e você suportou,
superou,
cicatrizou,
e se transformou.

então, por favor,
não cometa o erro de negar a você
os seus próprios braços.
pois não haverá ninguém capaz de te acolher
melhor do que você mesmo.

se abrace mais.

VOCÊ TEM TORNADO AS COISAS MAIS DIFÍCEIS PRA VOCÊ.

você se prende a qualquer resquício daquilo que já não existe mais. e, ainda que tenha existido, não te fazia bem. te corroía toda vez que prometia te amar, doía a cada vez que te pedia desculpas, te desequilibrava toda vez que tentava te convencer de que iria mudar.

você acorda dizendo pra si mesmo que não vai conseguir abrir mão daquilo que te corta quando você tenta segurar firme. você prefere dormir com o peito pesado a ter que abri-lo e deixar ir quem já nem deveria estar mais dentro de você.

você prefere pensar que algo permanece por medo de não saber o que fazer do que abrir a porta e aprender, sozinho, a organizar a bagunça, preencher os espaços vazios e trocar as coisas de lugar.

e então você diz que dói.
você sabe o que dói.
você sente a dor.
você sabe que está se maltratando, e sabe também o que precisa ser feito. mas prefere não fazer.

e eu te entendo, você se agarra ao que já passou, talvez porque tenha medo de que passe de vez. ou pior: talvez porque você ache que não é possível a vida ter sentido sem uma certa companhia.

mas você está errado. e no fundo você sabe disso também.

eu sei que parece fácil te dizer que você precisa superar. sim, é difícil. mas não é impossível. se fosse fácil ninguém teria que superar. doeria agora e dois minutos depois não doeria mais. se levantar fosse fácil, você não iria aprender nada com a queda. é difícil sim. mas você consegue.

e quando você aceitar que acabou e que precisa ir, seu caminho continuará livre pra você ser você. os seus amigos vão estar por perto pra te abraçar, sua família, seus gostos, suas manias, seus sonhos estarão te esperando e nem os dias nublados vão te fazer desistir de você.

quando pensar em correr atrás de quem bagunçou a tua vida: beba água. assista a uns filmes. escreva algo. faça uma comida nova. planeje uma nova viagem. leia um livro. regue as plantas. faça qualquer coisa, mas não corra atrás da pessoa que te fodeu. beleza?

a gente precisa acabar com essa ideia de que suportar tudo é ser forte. não! você não tem obrigação de suportar a falta de afeto. você não é obrigado a aceitar relações não recíprocas. não é porque você é forte que você precisa aguentar tudo. ou se desgastar tanto por amor.

às vezes ser forte é ir embora.

OUTRO DIA, UM LEITOR ME PERGUNTOU COMO FAZ PRA SER FELIZ?

acho que a felicidade, na verdade, é um estado. ninguém é feliz todo o tempo. a gente cai, se quebra, os nossos planos se rasgam, nem sempre as coisas acontecem da maneira que a gente espera. a gente se frustra, se perde pra se encontrar, se decepciona, fica triste. mas a diferença é o que a gente faz a partir das nossas quedas.

já se perguntou o que realmente te faz feliz?

eu tenho certeza que existem coisas que te fazem se sentir bem, que te acolhem, que te realizam, que te inspiram. a gente consegue ser feliz buscando o que faz a gente feliz.

e às vezes a felicidade está ali, do nosso lado, batendo à nossa porta, tocando o nosso peito e a gente nem percebe. porque a gente prefere acolher a tristeza, em vez de começar a ocupar os nossos espaços com o que abraça a gente de verdade.

sabe o que me faz feliz?

chegar em casa e receber um abraço do meu pet, sentir o cheiro de café pela casa ainda que eu não costume tomar, cuidar das plantas, sentir cheiro de roupa limpa, ouvir o barulho da chuva, ver as pessoas que eu amo com um sorriso no rosto porque isso arranca o meu sorriso também e é quando percebo que o amor mora em mim, o tempo todo.

pense bem o que te faz ficar feliz.

conseguir comprar algo que você planejou pra ter, acordar com saúde ou ter forças pra se cuidar quando não estiver tão bem assim, estar cercado de pessoas que te amam, cuidar de alguém e ser cuidado também, planejar viagens, tocar os pés na areia da praia, sentir a brisa do mar bater em teu rosto, deixar que o vento embarace o teu cabelo, olhar pro céu e, por um instante, contemplar a naturalidade das coisas.

tomar um vinho com uns amigos, comer um doce depois do salgado, hidratar o cabelo, cuidar da tua pele, sei lá. são tantas coisas minimamente incríveis que você pode fazer por você, sabe?

não pense que o outro é feliz o tempo todo. porque não é! todo mundo é um pouco triste, de vez em quando machucado, às vezes desacreditado.

e eu posso te garantir que você é feliz, sim!
porque estar triste é um estado também
e você não precisa, não deve, nem merece se manter nele.
vá em busca das coisas que te complementam
das coisas que te inspiram e te fazem feliz.

permita que a felicidade te toque
abrace o momento em que isso acontecer
e compreenda que hoje você pode não estar assim tão bem,
mas amanhã vai ficar, e se não ficar, você vai lá e faz.

pare de se magoar.
pare de se maltratar.
pare de se culpar tanto.

você sempre dá chances demais pros outros,
tá na hora de dar chances pra você!

tá na hora de você olhar pra si mesmo, e ligar o foda-se pra tudo que consome a tua energia, que te faz perder tempo e que te causa tendinite de tanto você mandar aqueles textões e receber um "visualizado e não respondido".

tá na hora de dar rolê com a tua própria companhia, de voltar aos dias em que você acordava com a pretensão de buscar tudo aquilo que te faz bem e não correr atrás do que te faz mal.

tá na hora de você usar todo o seu tempo ao seu favor, sem essa de aguardar por uma mensagem que, você sabe, não vai chegar. e se chegar, não vai somar.

sem essa de esperar que o outro faça, que o outro tenha o mínimo de interesse e responsabilidade com o que você chama de "relação", e começar a fazer por você. afinal, a relação que mais importa pra ti é você e você.

tá na hora de deixar tudo aquilo que não te leva a sério pra depois. ou melhor, pra nunca mais.

vai ficar tudo bem.
vai passar.
você suporta.
você supera.
você sobrevive.
vai ficar tudo bem.
vai passar.
você suporta.
você supera.
você sobrevive.
vai ficar tudo bem.
vai passar.
você suporta.
você supera.
você sobrevive.
vai ficar tudo bem.
vai passar.

VOCÊ NÃO PRECISA ACABAR COM VOCÊ SÓ PORQUE ALGO ACABOU.

este texto poderia ser mais um texto sobre partidas. sobre como faz pra gente superar. sobre como é esquecer alguém que um dia a gente amou. e todas essas coisas que partem a gente de alguma maneira.

mas dessa vez, escolhi falar sobre ficar. por que em vez de falar por tantos capítulos sobre algo que já se encerrou, a gente não vira a página e começa a escrever algo novo?

algo sobre o nosso próprio amor, sobre como é seguir um caminho com nossos próprios pés, sobre como é tocar o nosso corpo e perceber que apesar das marcas que algo deixou, a gente precisa seguir e vai ser lindo também.

e esse texto aqui é pra falar de mim (e de você também). não de quem já foi. é pra falar do que fica quando todo mundo vai embora. porque isso é o que mais importa no final das contas. é sobre o nosso processo de preencher os espaços que ficaram vazios, sobre resistir à saudade que machuca, sobre dar as mãos pra gente e olhar pra frente, porque é lá que estão as novas possibilidades.

é sobre se permitir mudar de casca, sair do casulo, procurar voar em outros terrenos e morar em outros abraços, sem esquecer (é claro) que o nosso é o mais importante de todos.

é um texto pra me lembrar (e te lembrar também) que a gente precisa lembrar da gente. pra lembrar que você precisa ficar com você, que o fim não destrói o seu abrigo, e o seu peito não se perde do amor por ter perdido alguém.

você vai aprender a ressignificar as coisas, as lembranças, o amor. e você vai se transformar junto a todo o processo. não precisa ter medo porque isso tem nome. se chama resiliência e você deve ter orgulho disso. da sua presença.

você pode acordar. fazer um café. abrir as janelas e deixar o vento circular. pode colocar a sua playlist pra tocar. enquanto descobre uma nova receita na internet. você pode se levar ao cinema pra assistir ao *Rei Leão*, ou se acompanhar até a praia, ou até mesmo se convidar pra a próxima viagem.

você ainda pode – e consegue – amar a si mesmo. e pode ser incrível, intenso, imensamente foda.

CONTEMPLE A TUA PRÓPRIA COMPANHIA.

eu quero te lembrar, hoje, que você se tem. Você é a pessoa que sempre esteve contigo, você é quem sabe como foi superar os obstáculos e sobreviver a tanta coisa.

hoje é mais um dia pra você se olhar com mais cuidado. pra perdoar as suas falhas. pra perdoar as suas quedas. pra você cuidar de tudo o que te compõe.

é mais um dia pra se orgulhar por você ser quem você é e, por que não, se orgulhar também de quem você foi?

é mais um dia pra você aproveitar o que a vida te deu, pra entender que a solitude que você conquistou é sobre maturidade.

é mais um dia pra você comemorar com a sua própria companhia e também com as pessoas que te amam. os seus pais, amigos, qualquer pessoa que te faça reconhecer que você é incrível e que te faça lembrar que você é amor, só escolheu concentrar todo o amor em si mesmo. e não tem problema nisso.

hoje é mais um dia pra você perceber que foi o amor que te acolheu e te guiou, por mais que você tenha desejado que ele saísse do seu caminho. foi ele que te levou ao seu próprio encontro.

hoje é dia de presentear a pessoa que esteve com você esse tempo todo, nos dias difíceis e nos momentos de caos. é dia de abraçar quem sabe cada detalhe do teu corpo, que te ajudou a estancar suas dores, que te curou dos machucados e te devolveu a coragem de seguir descalço a caminho do amor, que viu você recolocar cada pedaço da sua vida, reconstruir tudo e ficar tudo bem: VOCÊ MESMO!

e isso também merece ser celebrado!

maturidade é entender quando precisa ter um fim, mesmo que dilacere o teu peito. maturidade é escolher você, é abraçar a sua estabilidade emocional e valorizar os seus sentimentos, nem que pra isso você tenha que abrir mão de alguém.

maturidade é entender que a gente fica por amar, mas a gente vai embora pelo mesmo motivo também.

a gente nunca sabe até quando vai durar.
a gente não tem certeza se amanhã vai ser bom.
a gente nunca sabe quando o outro vai embora. de vez.
fica uma lição: cuide de quem você ama.
seja presente nas relações. abrace sem medo.
porque amanhã tudo isso pode nem existir mais.

EU TÔ COMIGO ATÉ O FINAL.

uma coisa que eu precisei ressignificar foi o perdão. depois de passar uma relação abusiva eu tive que ter coragem de abrir mão de coisas que eu achava que merecia pra segurar firme o que eu realmente precisava: eu mesmo.

pra mim, perdoar significava ficar, dar uma nova chance, ou me abrir mais uma vez pra quem me machucou, ou permitir que o outro retornasse pra me bagunçar ainda mais. depois eu percebi que perdoar é sobre eu e eu mesmo. é sobre eu olhar pra mim mesmo é dizer: "tá tudo bem, vai passar, eu não mereço isso, eu te perdoo por ter colocado expectativas demais, eu te perdoo por ter prolongando uma relação mais do que deveria, eu te perdoo por ter se sabotado e se maltratado pra caber em alguém ou aceitar alguém que machucava por medo de ficar sozinho.

porque a gente precisa se perdoar pra seguir leve. e se o outro foi escroto, traíra, fingido comigo, que ele se perdoe com ele mesmo. que se resolva com o *karma*, com o tempo, com a vida. no final das contas a gente precisa cuidar do que é nosso. e eu tenho aprendido a cuidar cada vez mais de mim.

hoje eu entendo que perdoar não é sobre permanecer naquilo que me machuca, é sobre saber dizer adeus. é sobre deixar ir. é sobre reconhecer quem eu fui, sem me culpar pela intensidade e afeto que eu dei, mas, principalmente, aceitar quem eu sou e dizer pra mim mesmo: eu tô comigo até o final.

TÁ TUDO BEM NÃO ESTAR BEM O TEMPO TODO.

eu sei que não é fácil perder algo ou alguém que você queria tanto. ou superar um fim de uma relação ou um ciclo a que você se dedicou. eu sei que não é bom a gente sentir raiva, insegurança, medo e frustração, mas faz parte.

e quando digo que faz parte é porque tudo isso te transforma. você pode não perceber agora, mas lá na frente você vai entender. a dor pelo que ficou no meio do caminho talvez um dia sirva pra que você amadureça algum aspecto da tua vida ou simplesmente te inspire a observar o mundo de outra maneira.

eu sei que parece estranho dizer que vai passar. porque quando a gente tá fodido, a única coisa que a gente quer é que passe logo. e a gente aperta a mente da gente, a gente maltrata o peito quando percebe que não tá passando.
e é sobre isso que quero falar contigo.

sobre a necessidade de que as decepções passem depressa demais, de que a dor seja logo superada, de que a gente possa sorrir no próximo final de semana sem ter que fingir nada. essa cobrança pra que a gente consiga ficar bem logo amanhã de manhã.

não precisa ser assim.
na maioria das vezes,
não vai ser assim.
tá tudo bem cair, tá tudo bem perceber que as coisas não foram como a gente esperava que fossem. tá tudo bem recomeçar do zero, porque às vezes a gente tem mesmo que abrir mão, e pra isso a gente tem que mudar a rota.

tá tudo bem se sentir frustrado por ter dedicado o teu tempo pra construir algo que, no final das contas, te derrubou. a gente não precisa fingir que tá tudo bem. pode ser que amanhá doa menos do que hoje, talvez semana que vem essa bagunça comece a tomar um rumo, talvez você precise de mais um mês, ou pouco mais que isso.

a verdade é quanto mais você fingir que tá tudo bem,
menos você vai estar preparado pra superar.

primeiro a gente aceita a dor.
a gente convive com ela (mas não se acostume, por favor!)
depois a gente tenta entender.
e durante esse processo, a gente sente.
e não, não é nada bom sentir, mas faz parte.
a gente aprende a lidar,
a suportar e só então a superar.

COMO ALGUÉM É CAPAZ DE DESPERTAR EM VOCÊ AQUELA VONTADE DE FICAR SÓ PRA TE MACHUCAR NO FINAL DAS CONTAS?

como alguém tem a coragem de falar de amor, olhando nos teus olhos, enquanto mente quando você não está por perto?

como alguém tem a audácia de entrar na tua vida, com uma única intenção de bagunçá-la?

como alguém é capaz de jurar verdade quando já se sabe que é mentira? como alguém consegue escolher machucar, sem ao menos parar pra pensar nas consequências que suas escolhas vão ter na vida do outro?

como alguém consegue ser tão egoísta a ponto de exigir de você respeito e sinceridade, quando não te dá o mínimo disso?

como alguém tem coragem de agir sem o mínimo de responsabilidade afetiva com você, que tanto se esforçou pra dar o seu melhor?

eu cheguei numa conclusão de que, acho, nunca vou entender tudo isso porque eu não teria coragem de fazer mal pra quem tá comigo, sabe? se entrou na minha vida, é porque eu permiti que entrasse. e isso pra mim já é muita coisa.

quem entra na minha vida tem passe livre pra ficar e me fazer bem, porque a única certeza que eu tenho, mesmo que tudo acabe amanhã, é a de que eu quero ser algo bom pra mim e pro outro, que, quando se lembrar de mim, dê um sorriso de gratidão por ter me conhecido.

é assim que lido com as minhas relações, porque no fim é assim que quero ser tratado também. não quero nada menos do que amor pra caramba!

e amor, no meu entendimento, é cuidado, é sinceridade, é respeito, é proteção.

talvez por isso eu nunca vou entender quando dizem que me amam e mesmo assim escolhem me machucar. porque pra mim pode ser qualquer coisa, menos amor.

existem coisas que doem e a gente não pode fazer
absolutamente nada senão aceitar que vai passar.

tipo quando você ama alguém e precisa apagar essa pessoa
da sua vida,
porque a permanência dela te machuca.
dói. mas a gente não pode fazer nada. não tem o que fazer.

a não ser deixar passar.

a única certeza que a gente tem
é que a gente sempre fica bem.

DÓI, MAS PASSA.

dói querer ficar com alguém e esse alguém não te querer de volta. dói gostar de alguém e perceber que esse alguém não está nem aí pra você. mas um dia você aprende que você não pode controlar o que o outro sente, muito menos se culpar pelas escolhas dos outros.

e então você aprende também que ir em busca do que te faz bem tem um preço. abrir mão dói. mas te garanto que é melhor ir embora a ter que se acostumar com o que te machuca.

dói quando você se entrega pra alguém e no final das contas percebe que tudo não passou de uma ilusão. dói quando você ama alguém e esse alguém te machuca, ou quando tudo o que você quer é ficar, mas o outro só dá motivos pra você partir.

a dor vai se transformar em lembrança.
e não vai doer. porque você sabe, não tem como esquecer.
depois você aprende que a gente só consegue esquecer algo
se a gente bater com a cabeça.
é admitindo e aceitando as verdades
que a gente começa a abrir passagem pra dor passar.
e ir embora também.

o que tenho pra te dizer é que dói pra cacete.
mas passa. e quando passa a pessoa te procura de novo.

é nesse momento que você tem a certeza de que seguir em frente é o melhor caminho, e que voltar atrás é pedir pra apanhar de novo.

aos poucos você supera.
às vezes bem aos poucos mesmo.

não adianta a gente forçar pra que passe o mais rápido possível e se maltratar quando sentir que ainda não passou totalmente, que ainda existe um resquício de algo que arranha o peito e embrulha o estômago.

falar que vai passar é fácil. difícil mesmo é lidar com as lembranças, é conviver com uma saudade involuntária, é ter que enfrentar a dúvida: será que sozinho eu vou ficar bem?

se essa for a sua dúvida, posso te garantir: sozinho você fica bem, sim.

hoje você pode não conseguir dormir direito.
amanhã talvez você consiga acordar um pouco melhor.
no quarto dia talvez você consiga falar sobre.
um passo de cada vez, sabe?

que você consiga entender o que as partidas tentam te dizer.
e aceitar também que dói, mas passa.
e que você precisa abrir passagem pra dor.
e colocar tudo que não te serve mais, pra fora de vez.

POR QUE A GENTE TEM MANIA DE SE CULPAR TANTO?

se alguém vai embora, a primeira coisa que a gente procura é um erro. a gente tenta culpar a nossa aparência, o nosso corpo, as nossas curvas ou alguma marca na nossa pele só pra justificar algo que, na verdade, se for parar pra pensar, não está ao nosso alcance.

a gente não pode simplesmente se maltratar ou carregar a culpa pelas escolhas dos outros. não tem o que fazer. e se a ausência dói, a gente precisa aprender a preenchê-la, em vez de se machucar ainda mais e tornar a dor maior do que é.

nem tudo vai sair como você espera. nem todas as relações vão ser recíprocas, nem todo mundo vai querer ficar ao seu lado, e tudo bem.

o mundo não gira em torno de você.
você não tem o controle de tudo.

não adianta esperar que o outro pense, seja, fale ou sinta na mesma intensidade que você. não se culpe quando alguém não sentir.

não seja tão rude consigo mesmo.

então, não se culpe pelas escolhas do outro. você é a única pessoa responsável por você. só você sabe o que sente e o que carrega. só você entende as suas marcas. só você pode se curar. ninguém vai fazer por você!

não tô dizendo que você não precisa de ninguém. eu tô dizendo que você precisa de você antes de qualquer um.

conselhos cruéis demais para serem lidos rapidamente:

1. nunca se acostume a conversar com alguém todos os dias.
2. não projete as suas expectativas no outro. nem tudo vai ser como você espera.
3. se algo acabar, mesmo que você não queira, por favor não acabe com você mesmo.

ter maturidade pra perceber que às vezes a culpa é nossa. às vezes a gente **que** coloca toda **nossa** intensidade onde não deveria. **a** gente é **que** fica por mais tempo, achando **que** vai ser melhor um dia. **a** gente é **que** se submete **a** aceitar migalhas dos outros.

e não precisa ser assim.

ÀS VEZES O SEU AMOR NÃO SERÁ O SUFICIENTE.

posso dizer com toda a certeza do mundo que o seu amor não é suficiente. e você vai aprender isso quando amar pra caramba alguém, e precisar partir porque essa é a única escolha que te restou.

mas você não vai embora, porque de alguma maneira, você acredita que precisa do outro. que sem o outro você não vai saber qual caminho seguir. e então você passa a ter medo de ficar sozinho, de não encontrar ninguém melhor. e sabe por que isso acontece?

porque você se perdeu. você soltou as suas próprias mãos. você entregou todo o seu amor, inclusive o seu próprio, pra alguém que não te levou a sério. você contou mentiras pra si mesmo, dizendo que não iria conseguir ficar sozinho, que ninguém mais iria te querer. e você acreditou nessas mentiras fielmente.

é por isso que você fica.

porque você jogou toda sua coragem pela janela, por medo de não tropeçar nos seus próprios passos. por receio de sentir falta. por sentir a dor da saudade de alguém que nem te cabe mais.

mas eu posso te garantir que a falta que você sente vai passar. a saudade que ainda dói vai passar também. algumas vezes você vai pensar em voltar atrás. o outro vai te ligar, vai te mandar mensagens, vai tentar te convencer de que você merece o pouco que ele tem pra te dar, e que ele chama isso de amor. mas você só precisa continuar.

sério. vai ser difícil. todo processo é difícil pra caramba. mas aos poucos você vai se reerguendo, tomando conta de todo espaço que sempre foi teu dentro de você mesmo.

e você vai entender que o que mais importa é o que tem dentro de você, é isso que faz quem você é, quem você lutou pra ser. você vai aprender a gostar mais de si e compreender que é pros seus braços que você precisa voltar quando alguém for embora.

espero que apesar das marcas que alguém ou alguma relação te deixou, você entenda que a culpa não foi do amor que você sentiu, foi do amor que o outro não foi capaz de receber. que você se segure forte, e nunca mais se perca por ninguém, ainda que você se apaixone outra vez.

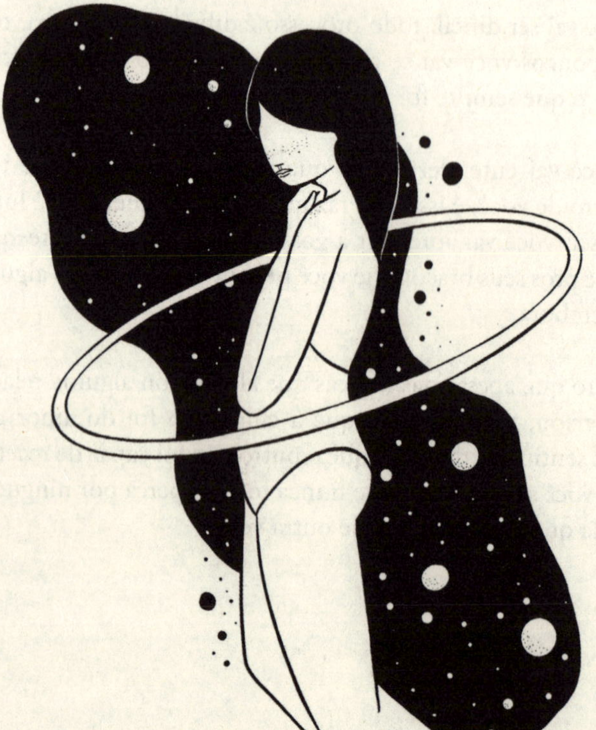

VOCÊ É CAPAZ DE AMAR E DE SER AMADO TAMBÉM.

olha pra você,
consegue enxergar o quanto resistiu até aqui?

você sobreviveu a todas as relações que covardemente despertaram o teu amor e depois sumiram. você suportou a dor do silêncio, de mensagens nunca respondidas. buscou a resposta na vida, e aprendeu que seguir em frente é o melhor caminho.

você conviveu com a dor de ter se entregado, de ter escolhido mergulhar por inteiro em vez de encostar só os dedos dos pés, porque a sua intensidade não te permite ser metade pra ninguém. ou você se joga e arca com as consequências de se entregar, ou você nem sai de casa. porque você é assim. e não tem problema algum em ser muito.

você extraiu dos machucados verdadeiros aprendizados. e quando a gente aprende com as quedas, a gente aceita que virou adulto, que ninguém cresce sem marcas e que as marcas não precisam ser um peso, podem ser leves também. este é o primeiro passo pra entender que você precisa de você mais do que qualquer outro corpo.

você aprendeu a ponderar a sua intensidade, e a entender que não são todas as pessoas que merecem a sua dedicação.

caramba, você aprendeu a rir do que um dia te machucou. e resistir é isso, entende? é você permitir passar pelo caminho, é aceitar as consequências e saber que a primeira coisa que você precisa pra superar é de você mesmo!

então eu preciso dizer que eu tenho orgulho de você!

porque a gente passou pelo mesmo caminho outras vezes. a gente achou que nunca mais o amor voltaria a bater na nossa porta, a gente duvidou da nossa capacidade e achamos que não sobreviveríamos a mais uma despedida. e aqui estamos, falando do que um dia foi uma ferida. contando com um sorriso no rosto sobre as relações que já se foram e, quiçá, ensinando outras pessoas a serem incríveis também.

porque você sabe, você vai resistir a outros desastres emocionais, vai superar outros amores, vai suportar outras decepções, e vai continuar sendo você. pulsante. exageradamente amor.

quem gosta de migalhas é pombo.

eu gosto mesmo é de presença,
de intensidade, de verdade,
de reciprocidade.

EU NÃO TE QUERO DE VOLTA. FICAR COMIGO ESTÁ SENDO O SUFICIENTE.

eu não te quero de volta. eu só quero que você seja melhor pra si mesmo, e talvez até para as próximas pessoas que atravessarem o teu caminho.

eu não te quero de volta. porque não importa mais quem você se tornou. porque pra mim não dá pra, simplesmente, voltar a confiar em quem, mesmo com todo o amor que eu dei, escolheu me machucar.

você confiaria na mudança de alguém que fodeu com o teu psicológico? que te fez se sentir um caroço de feijão de tão pequeno? que te trocou dezenas de vezes por casos superficiais e mentiu olhando nos teus olhos? talvez não, né?

então por que eu confiaria a ponto de te querer de volta? se foi rasurado a gente vira a página e começa outra. é assim que a gente supera.
e eu aprendi que eu não tenho que manter na minha vida o motivo das minhas dores, porque não é assim que vai passar. eu tenho que manter distância se eu quiser ficar bem.

e, caralho, como é foda pensar nisso, né? dói perceber que a gente precisa manter distância de alguém que a gente amou pra caramba um dia, porque ficar próximo acaba com o amor da gente. e esse é o amor que a gente mais precisa nessas horas: o próprio.

eu não te quero de volta. mesmo que a minha mente me faça pensar em como seria se a gente estivesse junto. mesmo quando a saudade bate de vez em quando. mesmo quando a gente se esbarra e eu sinto algo dentro de mim me pedindo espaço e tempo pra me caber. pra me renovar. pra reorganizar tudo. e isso só é possível longe de você.
é por isso, e muito mais, que eu não te quero de volta.

se você mudou. se você tomou vergonha na cara. ou se precisou perder pra tentar ser alguém melhor. nada disso eu tenho como saber. mas te desejo sorte, e que você seja realmente bom pra próxima pessoa. porque pra mim não importa quem você é agora, importa quem você foi e a marca nada bonita que você deixou.

e é por isso que eu não te quero de volta.

aprendi, na marra, que muitas vezes o outro não vai ter responsabilidade com aquilo **que** sinto. e eu preciso entender primeiramente **que** a responsabilidade de me fazer feliz, de me completar, de me amar, não é do outro, é exclusivamente minha.

NO PEITO FALANDO QUE VOCÊ ERA DIFERENTE. FOI SÓ MAIS UM EQUÍVOCO.

quero começar este texto dizendo que eu não me arrependo de ter sido eu, mesmo que você não tenha merecido. eu não vou me arrepender daquilo que fui, porque, no final das contas, eu estaria me arrependendo por ter dado o meu melhor, por ter me entregado, por ter cumprido todas as minhas promessas e palavras, por ter honrado o amor que senti por você, por ter prometido que iria te fazer bem – e dei o melhor de mim pra te fazer mais do que bem.

eu não posso me arrepender por ter sido afeto. por ter aberto o meu peito (que é a parte mais intensa e inteira de mim), pra você ficar à vontade. eu não posso me arrepender por ter tido coragem de olhar pra mim e dizer: você não vai mais fugir.

e foi isso que fiz. eu fiquei.
eu me dei pra você.
eu deixei que você tocasse a minha pele, e, mais do que isso, deixei que morasse dentro de mim.
eu permiti que você pudesse sentir o quanto o amor preenche e encoraja a gente.

ao menos, pra mim, era isso.
era recíproco. era respeito.
era lealdade. era sinceridade.

eu bati no meu peito falando que você era diferente. mas, na verdade, foi só mais um equívoco.

eu falava de você pra quem quisesse ouvir. e, caramba, como eu falava bem.

e é por isso que eu não posso me culpar nem me arrepender por ter sido eu.
por ter sido foda, mesmo quando você só conseguia ser raso.
por ter sido verdadeiro, mesmo quando você só conseguia mentir. por ter sido a pessoa que você nunca mereceu, mesmo você sendo a pessoa que eu nunca mereci.

eu fui eu, e disso não há o que me arrepender.
que se arrependa você, por ter sido você!
por ter mentido olhando nos meus olhos,
e prometido respeito, quando você sequer compreendia a definição.
que se arrependa você!
por ter dito que me queria
quando já sabia que eu não te cabia.

que se arrependa você!
por ter sido mais um equívoco.

É O AMOR QUE EU SINTO POR MIM QUE VAI ME CURAR DO AMOR TÓXICO QUE ALGUÉM ME DEU.

eu te vi chorar e não chorei.
não por não gostar mais de você.
mas, sim, por ter aprendido a gostar mais de mim.

é que eu lembrei. quando você me machucou e eu chorei pra caralho, você não se sentiu machucado. não foi?

então por que eu choraria por alguém que só chorou quando eu fui embora, se enquanto eu queria ficar, esse alguém só machucou?

não há o que chorar.
e ainda que tenha muito pra falar.
não há mais o que sentir também.

e se eu fosse você, enxugaria suas próprias lágrimas. me pouparia dessa sua encenação desesperada de quem percebe que está perdendo alguém, mas fez tudo ao contrário enquanto tinha.

o ego também dói. e às vezes a gente confunde com amor.

tá tudo bem. eu deixo você ir de mim.
eu me permito que o que ficou de você vá embora também.
eu sei que isso leva um tempo, mas estou disposto a abraçar esse tempo e, mais do que isso, a valorizar a minha saúde.

porque se tem uma coisa que eu aprendi nessa vida, é não manter ninguém por medo de seguir sozinho. eu tenho aprendido a seguir, a dar as mãos pra mim mesmo, a me abraçar e, sempre que possível, a cuidar de quem eu sou. mesmo que não seja fácil tudo isso.

porque é isso que me leva até onde eu quero chegar.
é isso que faz carregar o sorriso no rosto.
é o amor que eu sinto por mim
que me cura do amor tóxico que alguém me deu.

eu até entendo o seu desespero de me ver saindo da tua vida, eu também me sentiria péssimo por perder alguém incrível. porque você sabe, é difícil encontrar alguém disposto a ser afeto na vida da gente hoje em dia. você teve isso e perdeu. eu entendo a frustração, mas você lida com isso.

o que te desejo é sorte e espero que você não seja essa mesma pessoa com outro alguém. as tuas lágrimas e o teu perdão, você guarda pra vida, pro *karma*, pras próximas relações. não servem pra mim.

eu tô nos meus braços agora, aproveitando o amor que eu aprendi a me dar esse tempo todo, namorando partes de mim que você teve nas mãos e não soube apreciar. e isso, meu bem, eu não troco pelo amor de ninguém nesse mundo.

EU PROMETI PRA MIM MESMO QUE EU NÃO IRIA DESISTIR DE MIM.

mesmo com o corpo cansado de tentar, mesmo tendo que me recuperar pelas inúmeras vezes em que me joguei pensando que segurariam o meu amor porque me prometeram ficar, mesmo depois de tantas partidas que não precisavam terminar da maneira que terminaram, mesmo tendo que me reconstruir todas as vezes que tentaram me deixar em pedaços.

mesmo tendo que me amar apesar das marcas que carrego comigo, mesmo quando os outros não me aceitam da forma que eu sou e querem me moldar nas suas expectativas, mesmo quando alguém tenta me convencer de que eu sou insuficiente.

eu prometi que não iria desistir. mesmo que desistissem de mim. e a minha força é um bom motivo pra continuar.

promete pra si mesmo
que você também não vai desistir de si?

ame.

mesmo que um dia você tenha amado as pessoas erradas.
mesmo que você se machuque por amar demais quem te amou de menos. **mesmo que você** confunda o amor com apego e aprenda, na dor, **que** o amor nada **tem** a ver com dependência.

ame.

respeite o seu tempo.

entenda que superar algo requer tempo. é um processo.
e você não precisa se culpar porque algo ainda não passou.

vai passar.

continue, você está indo bem.

SOBRE RESPONSABILIDADE AFETIVA:

por várias vezes eu me questionei por que as pessoas eram sempre cuzonas e irresponsáveis afetivamente comigo. eu me culpava por isso. eu carregava comigo o fardo de que os outros não conseguiram ser. porque, pra mim, era simples agir com empatia.

pra mim, a escolha mais sensata era sempre agir com sinceridade e dizer o que sentia. jamais fugir, ou sumir de repente. e se um dia, por acaso, eu escolhesse partir, que ao menos eu deixasse o outro ciente da minha partida.

porque, pra mim, o problema nunca foram os términos, nunca era sobre acabar algo que, talvez, eu estivesse gostando. o problema não era olhar pro outro e dizer: "tô indo".

porque as coisas terminam. as pessoas partem.

o grande problema era me enganar, achando que o outro ainda queria, quando, na verdade, ele já tinha partido em silêncio.

e é por isso que eu digo quando vou. da mesma maneira que falo o quanto quero ficar. poupa meu tempo e o tempo do outro também. mas compreendo que nem sempre o outro vai agir como eu.

aprendi, na marra, que muitas vezes o outro não vai ter responsabilidade com aquilo que sinto. e eu preciso entender primeiramente que a responsabilidade de me fazer feliz, de me completar, de me amar, não é do outro, é exclusivamente minha.

porque nem sempre o outro vai ser transparente comigo. nem sempre o outro vai ter empatia. nem sempre o outro vai avisar da partida. e quase sempre o outro vai ser egoísta.

e eu preciso de mim pra recomeçar.

VOCÊ TEM SORTE DE SER VOCÊ.

e eu preciso mesmo te dizer por quê?

você tem sorte de sentir o amor como precisa ser sentido. e mesmo que você tenha medo de vez em quando, mesmo que você tenha receio de se perder, você tem a sorte de ter coragem pra ir e, se não for o que você espera, você tem sorte de carregar essa vontade de recomeçar.

você tem sorte de dar ao outro o melhor que você guarda dentro de si. e você tem sorte de ser imensidão também. de ser capaz de guardar tanto afeto no teu peito, que transborda em quem abraça quem você é.

você tem sorte de entrar na vida de alguém com a responsabilidade que todo mundo deveria ter. o outro tem sorte por te conhecer e você tem sorte por ser quem você é. mesmo inseguro às vezes.

você tem sorte de ser grande, de dar aquilo que vem de dentro, de respeitar o amor que você sente e de considerar quem entra na tua vida.

você tem sorte de ser flor num campo minado. de ser puramente amor. intensamente visceral. azar de quem te perde. sorte de você, por ser exatamente assim. quem você é.

você tem sorte pela força que você carrega. por renascer. por saber que reiniciar às vezes é preciso.
você tem sorte por ser tudo isso que você é mesmo quando tentam te rasurar, te repartir ou te quebrar em pedaços. você tem sorte de ocupar o teu corpo, de carregar a tua pele e, de apesar de tudo, ser foda pra caralho.

você é a sua própria sorte.

DEPOIS DE LER ESTE LIVRO,

eu desejo que você não se cobre tanto, que saiba respeitar o seu tempo pra não tropeçar nos seus próprios passos. que você só ame aquilo que te faz bem, e consiga abrir mão de tudo aquilo que te faz mal.

que você consiga enxergar as pessoas tóxicas da sua vida e que não aceite qualquer coisa que queiram te dar.

espero que você não insista em ficar em ambientes que adoecem a tua saúde mental, ou em relações que te desequilibram, ou em pessoas que fazem você se sentir pequeno.

porque pequeno você não é.

espero que você entenda que abrir mão às vezes é necessário, não porque você quer exatamente, mas sim porque você precisa. espero que, toda vez que você tentar caber em lugares que não te cabem mais, em pessoas que já não somam mais, ou em relações que não acolhem, você entenda que não precisa ser assim. e é melhor abrir mão hoje, pra que amanhã possa ser leve.

permita que o teu amanhã seja melhor e menos pesado.

espero que no próximo ano você pratique o autocuidado e o amor-próprio. e se algum dia te faltar, ou você falhar, não se cobre tanto. a gente comete erros, a gente faz novos papéis de trouxa, a gente falha com o nosso próprio amor às vezes.

eu só espero que quando isso acontecer, você entenda que é em você que você precisa estar.

que você se cuide mais. que seja a sua maior prioridade.

até a nossa próxima conversa.

**Acreditamos
nos livros**

Este livro foi composto em Adobe Garamond Pro &
Trade Gothic LT Std e impresso pela Gráfica Santa Marta
para a Editora Planeta do Brasil em outubro de 2024.